漢拏山中腹にて休憩　左端著者　右から３番目が金氏

済州市での会場風景（最終日）
右側前から金氏、奥薗氏、菅原氏　左奥から竹村氏、著者、橋田氏

わが友は百済王

飯山 満

一莖書房

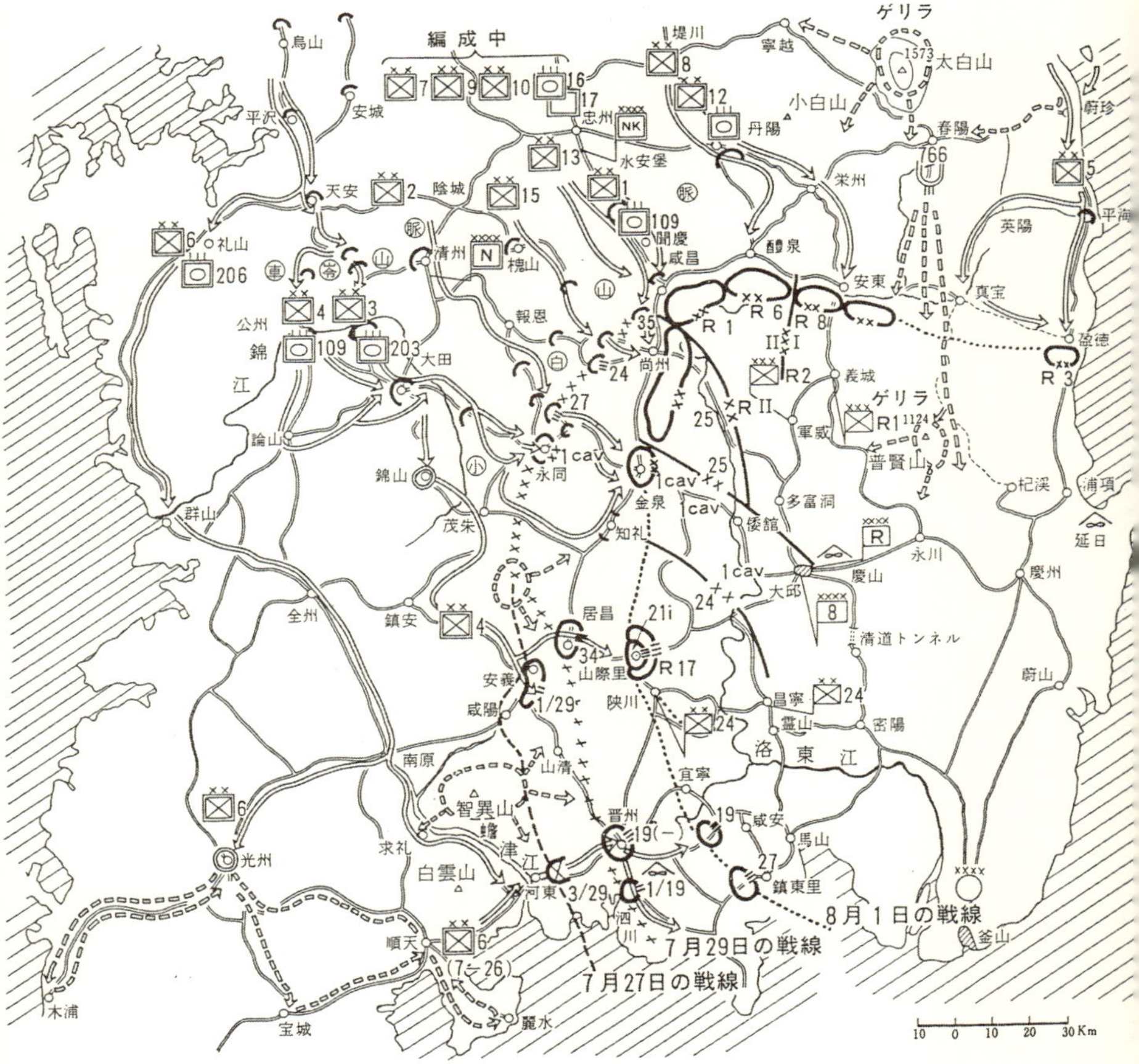

図1　1950年7月27日～31日の情況要図

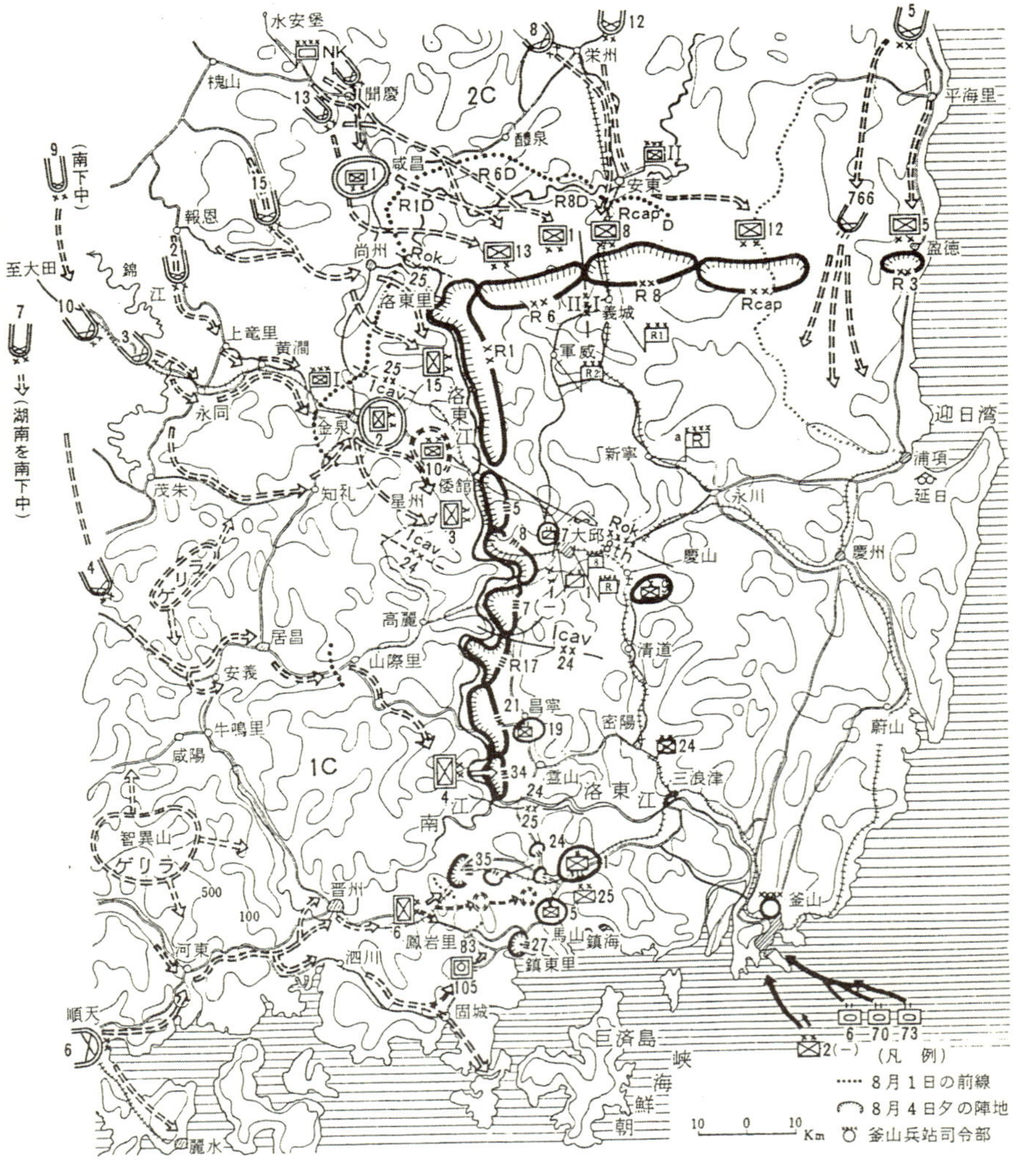

図２　釜山円陣（８月１日～８月４日）

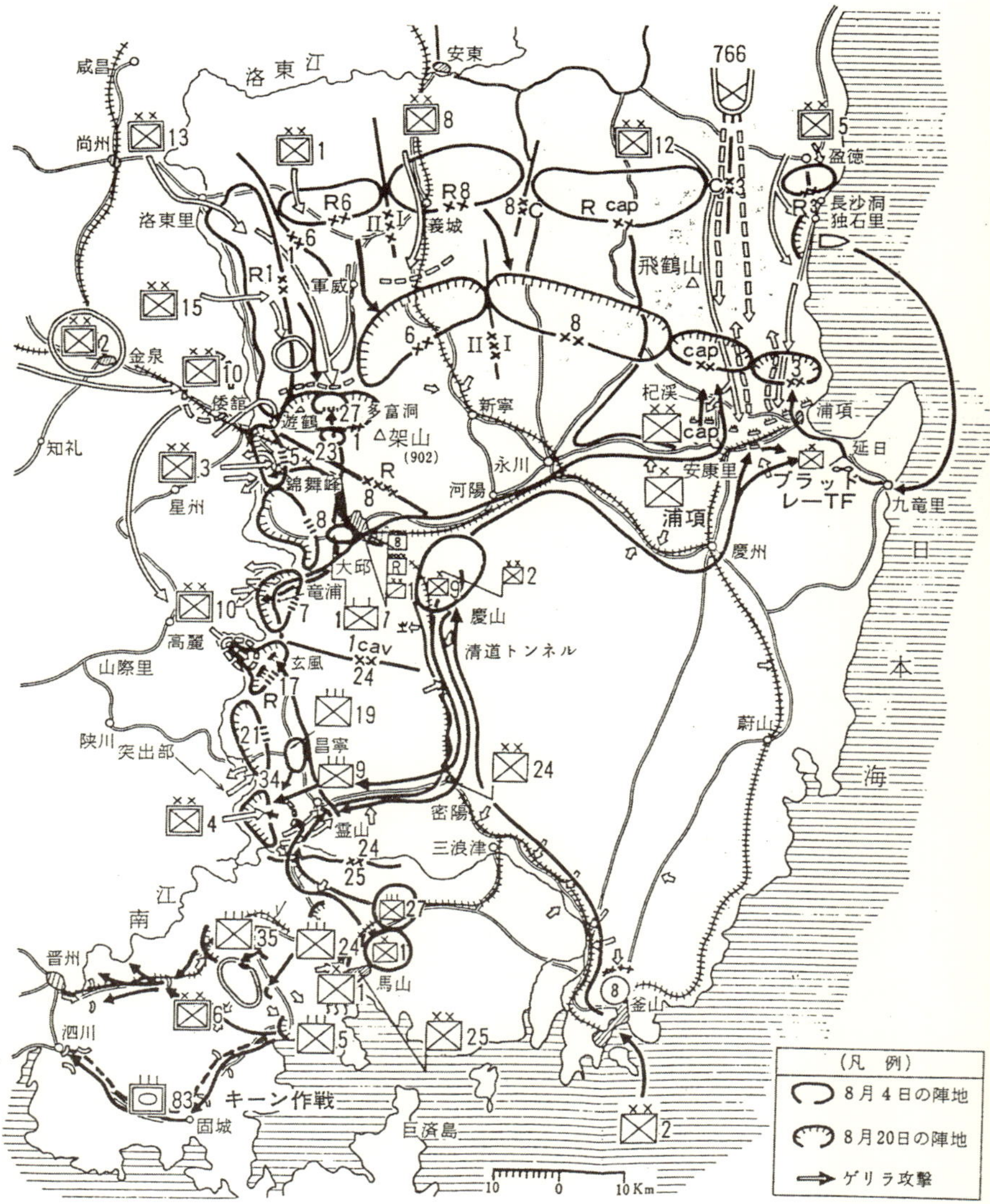

図３　８月の攻防経過図（８月４日～８月25日）

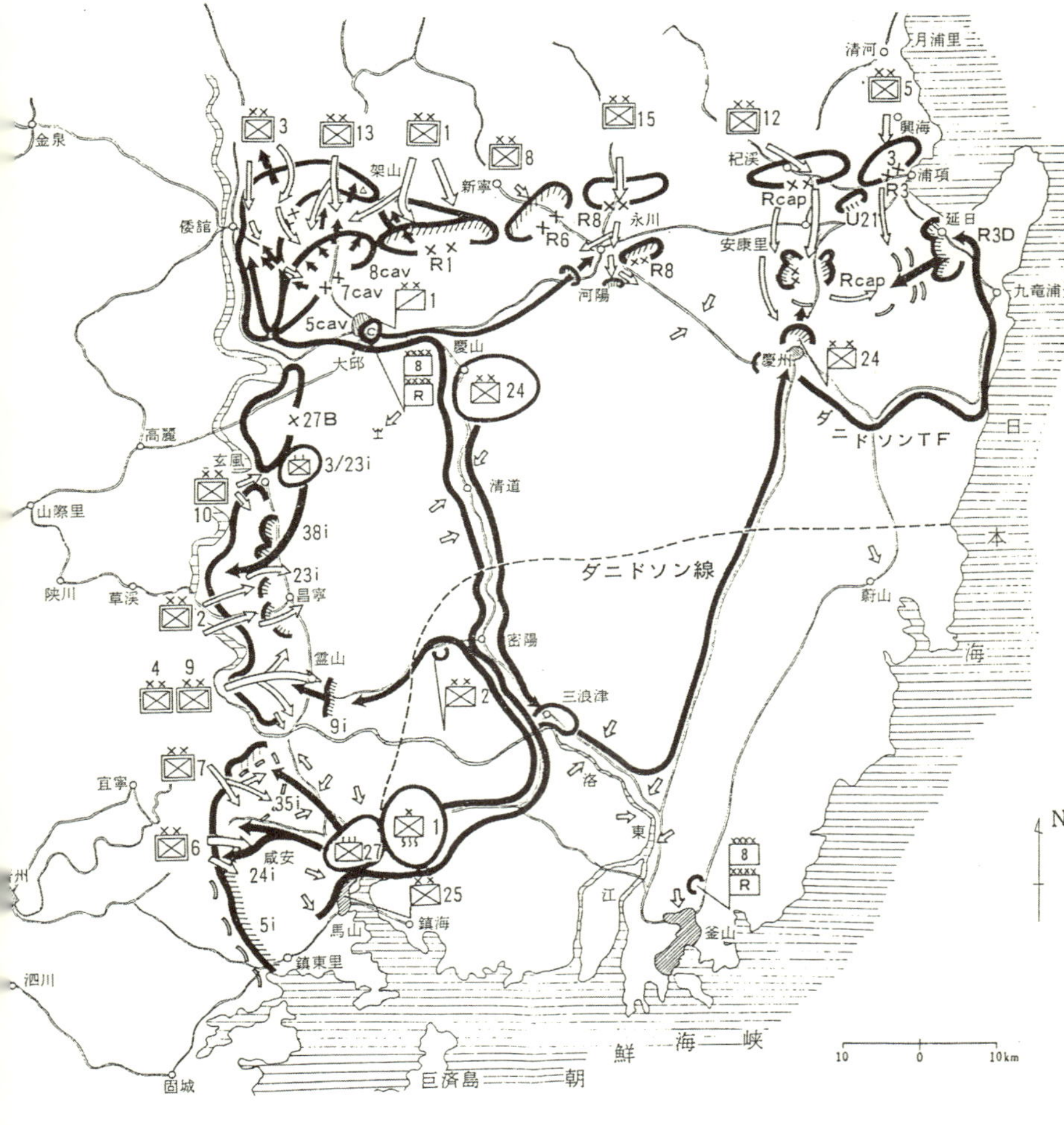

図４　９月の攻防経過図（９月１日～９月１５日）

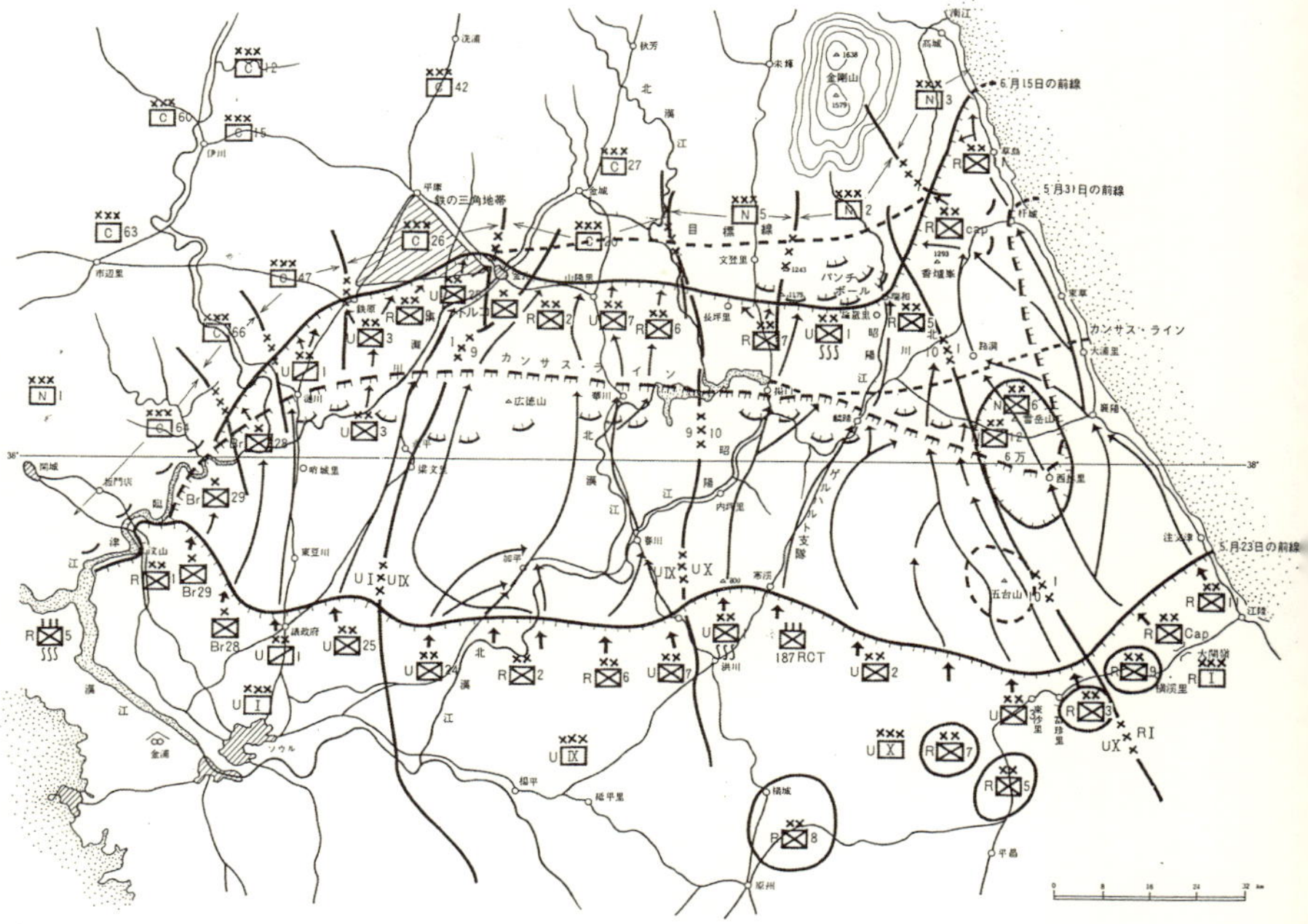

図５　1951 年国連軍の北進（5 月 23 日～6 月 15 日）

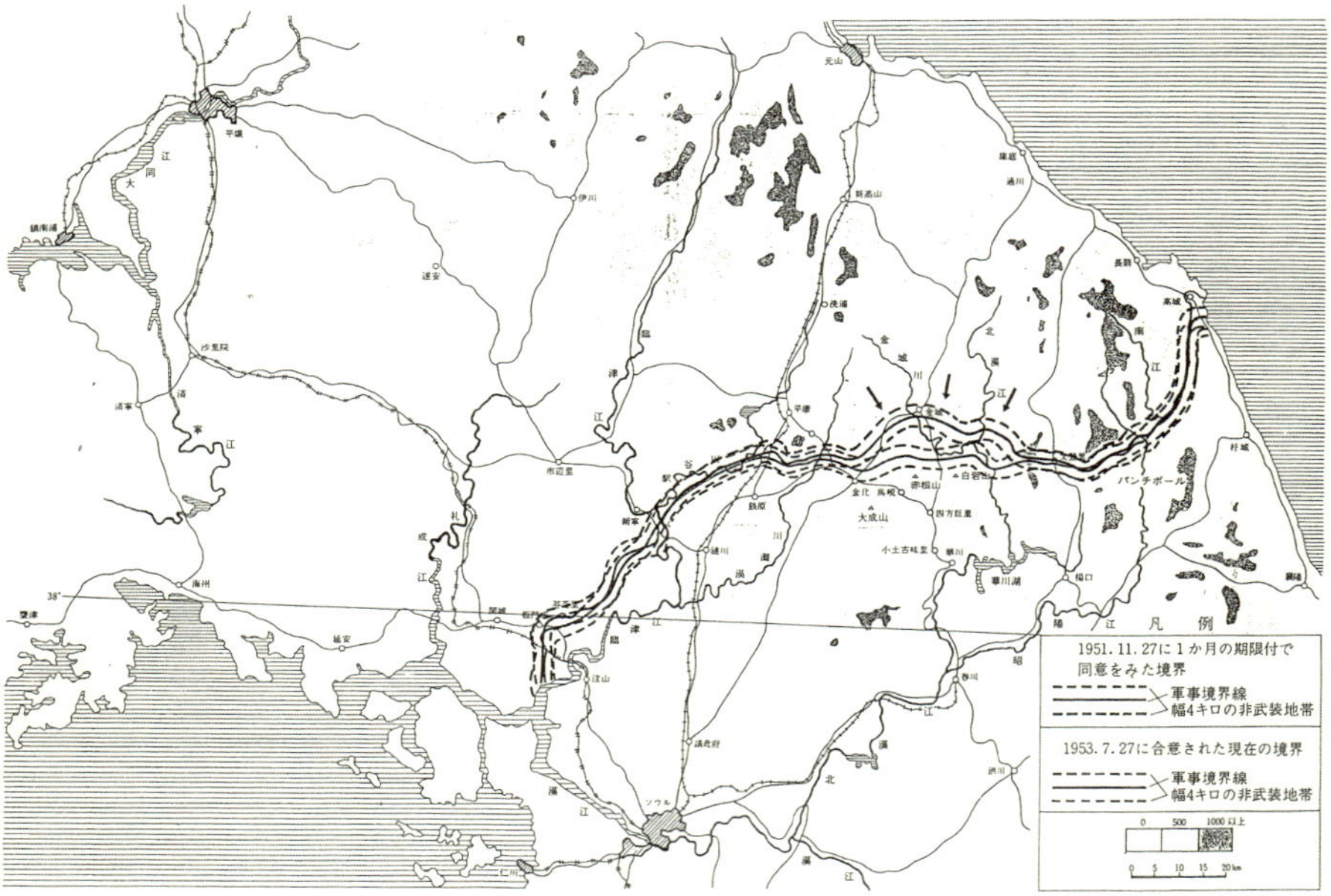
元山
平壌
鎮南浦
伊川
遂安
新高山
庫底
通川
長箭
高城
沙里院
洗浦
平康
金城
白岩山
赤根山
金化
馬峴
大成山
四方巨里
鉄原
漣川
市辺里
新幕
小土古味里
華川
華川湖
パンチボール
杆城
楊口
襄陽
海州
延安
開城
汶山
春川
議政府
ソウル
仁川
38°
凡例
1951. 11. 27に1か月の期限付で同意をみた境界
軍事境界線
幅4キロの非武装地帯
1953. 7. 27に合意された現在の境界
軍事境界線
幅4キロの非武装地帯
0 500 1000 以上
0 5 10 15 20 km

図６　軍事境界線

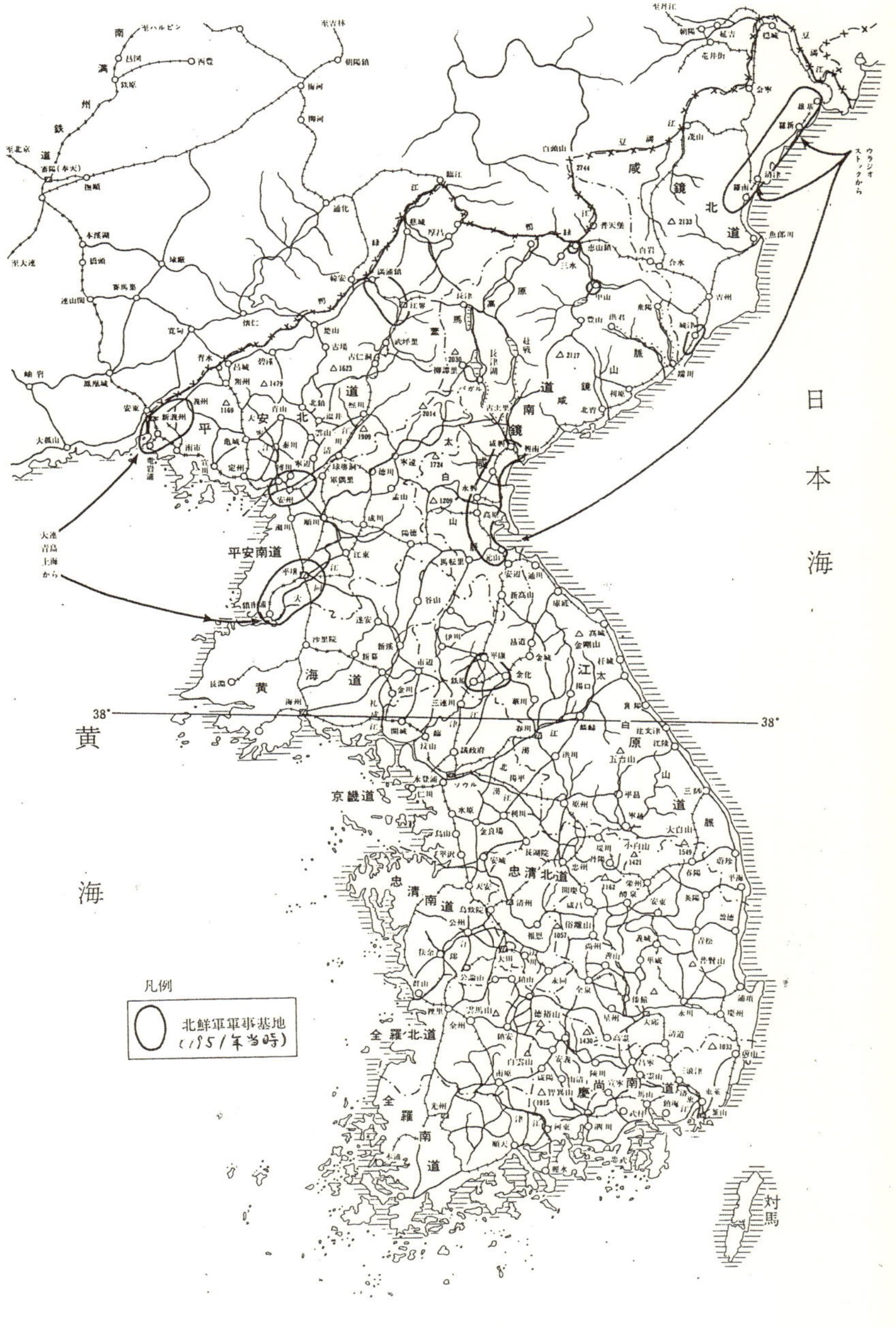

日本海
黄海
38°
38°
凡例
北鮮軍軍事基地（1951年当時）
大連
青島
上海
から
ウラジオストックから
平安北道
平安南道
咸鏡北道
咸鏡南道
黄海道
江原道
京畿道
忠清北道
忠清南道
全羅北道
全羅南道
慶尚北道
慶尚南道
南満州鉄道
対馬

図７　朝鮮半島全図

はじめに

本書は１９４５年（昭和20年）、中学1年生達の友情が発端となり構成された。金少年の一代記を纏めたもので、シンデレラボーイの記録ではない。

本書の主人公は百済王の子孫の少年である。

大東亜戦争の終焉によって、ユートピアの新天地が展開したが、はからずも反日家の大統領の出現で、運命が逆に１８０度転回して、数奇の茨の道を辿らざるを得なかった。

しかし、逆境にあっても希望を見失わず困難をクリアーして、チャレンジを繰り返し、己れの道を切り拓いた。

全羅北道全州府は、後百済の都として、また朝鮮王朝の発祥地として、歴史の中核を占めた時代があった。百済時代は大和朝廷との交流も深く、平和を尊び、由緒ある文化・芸術の地として栄えた。陶芸にも優れ、九谷初め唐津・伊万里・有田・薩摩焼の先駆的役割を果たしている。

山・海の幸にも恵まれ、食文化も盛んで、韓国料理の本場であり、キムチの発生地としても名高い。湖南平野は、半島最大の穀倉地帯である。

百済滅亡後は朝鮮王朝（１３９２年〜１９１０年）の元祖・全州李氏の発祥地でもある。朝鮮半島南部を支配した新羅は東部を、百済は西部を、比較すると、新羅は「武」の国であり、百済は「文化・芸術」の国と言える。地形も東と西では著しく異なり、東は山岳・丘陵地帯が多く、西は平坦な緑野に恵まれている。

全州は落ち着いた文教都市である。中学校の南側には、標高５〜６００メートルの山岳が連なり、北西に徳津平の平野が広がって府内の中央を全州川の清流が東西に流れ、製紙・製材工場が並んでいた。

古都・全州は、周辺に名勝・古蹟が数多く散在している。当時、金少年に誘われて、辺山半島の彼の別荘に一泊した思い出がある。

中学校は、府内の南側の丘上に、ゴシック風の赤煉瓦造りで、二階建ての瀟洒で重厚な建造物であった。

金少年が百済王の一族であることを知ったのは、入学一カ月後ぐらいの時期であった。彼の弁当箱が、ウルシ塗りの特製であったこと、その後、官舎に立ち寄ったときに、家具・調度品が格別に立派であったことに驚いた。

終戦の詔勅を聴いた直後、吾等が途方にくれているとき、金少年の瞳は新しい夜明けに輝いていていた。

顧みていま、金氏が亡くなり、まばゆい「昭和」の黄金期が更に遠のいた感は否めない。「人生は、苦難に耐えること、そして平和に努力すること、最後に相手を許すことの重要性」を学んだ。ここに、生きる手応えのあった時代の記録として伝えたいと、心から願っている。

目次

第1章

邂逅

さわやかな碧空《あおぞら》が底抜けに明るい、初秋の午後の一刻、それは何んの変哲《へんてつ》もない、50年前に遡る平凡な「同窓会風景」であった。

２０００年秋。場所は品川のパレスホテルの1階の大広間。1期から9期までの合同で、１００名余りの初老の紳士が、三々五々と集まり、ロビーに屯《たむろ》していた。

開会してまもなく、旧知の面々と他愛のない話に興じていると、ゴマ塩頭の小柄の紳士が近寄って来て「飯山さん」と、私の胸の名札を見ながらニコニコ笑っている。

「金川ですよ……金川青龍だよ……」

突然、夢を見ている錯覚に捉われた。

「現実は小説よりも奇なり」の言葉を思い出した。50年前の情景が、脳裏を駆けめぐった。

「エ、エッ」と、叫んだきり、暫く、二の句が告げなかった。ただ黙って彼の掌を握り続けた。人生はドラマより、ドラマチックである。思いがけないことが、思いがけない場所で突発したのである。50年前の記憶をただひたすら回想するが、走馬燈の空転の想いがまどろっこしい「驚きは将に、驚こうとしている心の状態だけを訪れる」と思った。

この奇縁で、2003年12月までの3年間の友誼がはじまった。

因縁の場所は、韓国・全羅北道・全州府の小高い丘上に建つ、全州南公立中学校である。金容哲氏（金川少年）と同級生である。

全州南中は日本人の中学校で、韓国人数名がクラスに在籍していた。彼は神戸で育ったということで流暢な日本語であった。彼の父親は道庁の総務部長であり、エリートのヤンバンサラミの金満家であった。彼が韓国人と知ったのは、終戦直前の陸軍幼年学校受験のときで、彼は日本ナイズしていた。

私は入学とともに寮（寄宿舎・興亜寮）に入り、常に空腹との闘いであった。帰省は月1回だけであり、毎週末、母親が食料品（主食・肉類・菓子等）を届けてくれ、その都度、寮の賄いの小母さんが別室に呼んで、特別食を与えられ有り難く満足していた。

金川少年も私と同様なチビで、整列の度に前から2～3番目で、2人とも柔道部と滑空部（グライダー）に属していた。

放課後は毎日、柔道で1時間汗を流した後、校庭に出てグライダーを引いた。幅300メートル、長さ1000メートルの校庭を、腰を入れてロープを引いた。教官は配属将校の中村中尉で、要領よく引かないとグライダーは舞い上がってくれない。これが重労働であった。寮の弁当は、早飯で11時には食べ終わり、午後3時頃には腹ペコだった。

この様子を見かねた金川君が握り飯や蒸かし芋を差し入れてくれたのだ。この頃は朝鮮半島も食糧難の時代だった。

帰省の度に母親が、「寮生は腹が減る、上級生から叩かれると聞くけど、厭になれば下宿すればいいから」が口癖だった。

私は人一倍の餓鬼で育ったので殴られるのは、苦にならなかったが、空腹には参っていた。欠食餓鬼そのものだった。

当時、兄が4年生（最上級）に在籍しており下宿していたが、5月末に甲飛（予科練）に入隊した。在籍中は「飯山列外」で叩かれずに済んだが、居なくなった途端に殴られてホッとした。これで寮の同僚に借りが返せた。

私の両親は教師をしていた。父は日本人の国民学校、母は普通学校（韓国人）で居住していた黄登は、裡里の一つ北側の駅で広々とした田園地帯であった。駅の東側には200メートル程の丘陵が南北4~5キロの稜線を連ね、朝鮮半島随一の御影石の産地で、内地はもとより満州から中国大陸にも搬送していた。

橿原神宮の鳥居や宮崎に建立された八紘一宇の塔は黄登産である。

田園地帯には大農場や大農園が散在し、湖南平野の穀倉地帯の中心で、黄登に帰ると食糧難はどこ吹く風であった。

農園では果樹の栽培が盛んで、梨や白桃それにリンゴの改良が進められていた。大温室ではインドリンゴやマスクメロンそれに熱帯のマンゴーやパパイヤやバナナも収穫して、皇室や総督府に献上していると、農園主の息子から聞かされていた。一緒に遊んでいると、特級品の果物のオヤツに舌鼓を打つのが楽しみだった。

当時の餓鬼共は、餓鬼大将の〇少年（高等科）のもとに十数人がいて、韓国人の餓鬼共と月に1~2回は喧嘩をする。場所は、黄登神社の境内の裏から連なる丘陵地帯である。相手が味方より10名以上多い場合は避ける。同数又はやや多い場合は攻撃開始である。

殆ど負けた記憶がないのは、餓鬼大将の采配が良かった。一度だけ、竹や棒で叩かれて、数人の怪我人が出た。国民学校に逃げ込み、小母さん先生から秘かに治療して貰ったことがあった。生傷とオデキは絶えなかった。

有能な餓鬼大将のお陰で、楽しい思い出が多い。喧嘩をしないときは、2組に分かれての「戦争ゴッコ」を良くやった。野を越え、丘を越え、竹や棒でチャンバラを飽かずにやった。なだらかな段丘のある稜線は、樹木がまばらで、赤松とポプラと柳が散在していた。春から秋にかけてはアベックの絶好の散策地で、思いがけず「お邪魔」したこともあった。

全員が判で押したような坊主頭に、表も裏も分からぬほどに真っ黒に日焼けして、短パンツに伸びたランニングシャツを着ていた。

国民学校4年生の頃の夏休みに、3キロ程離れた南に要江《ようこう》という水路があった。裡里との境界であった。この水路の橋が要橋で4~5メートル下の川面に向かって次々に飛び込むのである。この水が泥水で水中では何も見えない。この最中にどうしたはずみか、足が河底のコンクリートに張ってある金網に、挟まって抜けなくなってしまった。水圧で上体は上へ上へと伸びるため腰を曲げられない。次々に飛び込んで来る仲間の足を引っ張っても蹴飛ばされる。一瞬「もう駄目か」と思った瞬間、異変を感知した餓鬼大将のO少年が、足下に一直線に潜入して、金網をグイッと引っ張った。「アー助かった」スポンと浮上すると、フラフラの私を岸に引き揚げ、土手に寝かせて、水筒の水でウガイをさせてから「このことは、親には内緒だぞ」と、ニコッと笑った。

昔の餓鬼大将は偉かった。何より責任感があった。餓鬼仲間には、2~3人の手足の不自由な児もいたが、互いに助け合って、良き友であった。想い出しては遠き良き時代を回想する。楽しい少年時代であった。

昭和49年秋に所用で、京城に数日滞在した折り、日曜日を利用してこの現場を訪れてみた。当時は高速道を建設中で、鉄道とタクシー利用であった。路面も昔の砂利道、100メートル未満のコンクリート橋に佇《たたず》み「要橋《ようきょう》」の字を確かめて、抱きしめ頬ずりした。30年振りの再会であった。

朝鮮戦争では、ソ連製のT34戦車が最初に通り、その後、米軍のM4・M26・M46、パットン戦車の40トンの重量に良く耐えたと感激した。この華奢《きゃしゃ》なコンクリート橋が良く持ちこたえたと、戦前の土木技術の優秀さに驚かされた。

ポプラ並木では、数多くのひぐらしが物悲しくカナカナと声を震わせ、砂利道の両側は果てしなく広がる一面の田圃で、30年前の風景が見渡す限り拡がっていた。

待機して貰っているタクシーのラジオからは、心地良い軽快なジャズが流れていた。「楽しいジャズだね」と、運転手に声をかけると、ニッコリ笑いながら、アイスボックスから缶コーヒーを出して渡してくれた。空からは途絶えていた蝉の声が、賑やかに流れはじめた。

暫く、大農場や国営の農園の所在した地区を一巡して、昔の記憶を辿りながら、車は忠清北道の俗離山《そくりさん》に向かった。

錦江を渡って、山道に入った。10月も終わりに近い季節、山や谷の紅葉は、まだはじまったばかり、淡く染まりつつある木々の黄色や赤は、どこか夏の日の雄々しさや猛々《たけだけ》しさの名残りを残しているような緑とともにあった。俗離山は、国民学校の2年生の頃、祖父に連れられて来た思い出がある。

当時から深山幽谷の趣が漂っていた。蛇行する登山道には、砂利が敷かれ、周辺は鬱蒼として古木に覆われ、独特の風雅な佇まいを醸している。山頂は1000メートル余の霊山である。飛鳥の里から笠置山を登山した錯覚に捉われた。

この霊山には百済千年の歴史が秘められている。伝統と歴史の重みを耐えるような荘重な朱塗りの古刹《こさつ》を参拝すると、心が和み蘇る。清々しさに心が洗われた。

小憩の後、昔、数回訪れたことのある西海岸の大川に車を反転させた。

海水浴には時機外れであったが、昔の面影は一新され、立派なレジャー施設が建ち並び盛夏の盛況が想像できた。

この日は夜8時頃京城のホテルに帰った。到着すると、取引先のバイヤーが待ちかまえてウオーカー・ヒル（カジノ）に誘われたが断った。折角の俗世界を離れた「霊山の気」を暫し大切に温存しておきたかった。

昔、丁度この頃、紀元2600年記念行事で京城博覧会が催され、南京城《みなみ》の漢江の中州が大会場となっていた。

数日、逗留して見学した。種々のイベントで賑わった。大サーカスと猛獣類に驚いたのと、ヨーロッパや中近東からの多民族の舞踊や曲芸、それに特産品展が人目を引いていた。特にペルシャ絨毯は豪華だった。

ラクダや駝鳥、その他見たこともない珍獣や珍鳥に目を見張った。

ノモンハン事変の戦利品のソ連軍の武器や装備品が陳列してあった。小さなものではマンドリンのような格好の短機関銃や拳銃から、戦車やヤク型・戦闘機等の大物までであり、その隣に支那事変で活躍した、軍神西住大尉の、95式軽戦車・97式中戦車も飾ってあった。ソ連軍の戦車と比較すると、見劣りするので、説明係の下士官に、「ソ連軍の戦車と比べると、日本の戦車は玩具みたいだね」と言うと、バツの悪そうな顔をしたので喋れなくなった思い出がある。日本の軍用機は赤トンボや95・97戦闘機で、大日本航空の旅客機は、米国製のダグラス機と較べる一回り小さく貧弱に見えた。

当時の旅客機は、双発ではあったが、客席は12～3席で、京城～雁ノ巣～羽田間で、1日2往復で、他に満州行きがあった。この線は、京城～平壌～大連～新京～ハルピン行きで、往復3便で賑わっていた。他に不定期便で、上海～南京～北京行きが開設されていた。同じく台北行きもあった。

鉄道車両では、朝鮮鉄道や満鉄の大型機関車が人気をさらい、アジア号は一際、輝いて見えた。最高速度が200キロと聴いて、2度びっくりした。

その他、会場には気球や飛行船も碧空《あお》に浮いており、ドイツのツエッペリン号は客を搭乗させて、搭乗口には長い行列ができていた。金少年も家族とともに訪れたと聞いた。

2000年秋、夢見心地で過ごした、大収穫の同窓会は束の間に過ぎ、次回は「来春、済州島」での再会を約束して散会した。旅行は菅原氏が担当した。これが契機で、翌年の初夏、済州島で再会して、金氏との交流がはじまった。

金容哲氏と私は、殆ど一晩中喋り通しであった。

金氏は百済王の直系で、69代目である。

戦後、初代大統領の李承晩氏は反日家の象徴であり、就任後、直ちに親日家の弾圧を開始した。父親は戦後3カ月程経つと、一族の50数人を人里離れた黄海上の離島に避難させ、生活を軌道に乗せた後、単身で島を離れ、まもなく京城に転居し機を見て自首し投獄された。

金少年は学校にも行けず、日本時代の教科書と新しい韓国の教科書を入手して、昼間は漁業と農作業、夜は独学での勉強に明け暮れた。父親がどのような手を使ったかは不明であるが、一族は難を逃れた。

済州島

済州島旅行は、2001年5月に3泊4日で菅原氏が企画した。福岡空港に集結して、40分間の空路は国内線の感じで、通関も形式的で、リラックスして降り立った。

四国から竹村氏と橋田氏が、東京からは奥薗氏と菅原氏と私の計5名に、出迎えの金氏であった。

開口一番「済州島は、暑い！」であった。

亜熱帯植物の街路樹が異国情緒を漂わせており、台湾か香港の錯覚に捉われた。

済州市内の海鮮料亭で、韓定食の昼食を済ませ、植物園と民俗村を訪ねた。

整備がゆき届いて、環境美化が徹底しており、清潔なのに驚いた。

カップルが多く、韓国本土から連日、3万人のハネムーン客が来島するとか……。

また、教育環境が整い、学生達の服装や態度も格段に良好で、将来の社会貢献が楽しみである。生き生きとした生活態度に心を打たれた。

タバコの吸い殻の落ちていないのにも驚いた。くわえタバコの通行人にも出会わなかった。島全体で観光地としての整備が進行中で、周遊道路や縦断道路が急ピッチで進行して、片側3車線のハイウェイを連想させる一般道も整備中であり、信号機がないのに驚いた。西帰浦市では、翌年のワールドカップのスタジアムの建設工事が、急ピッチで進行していた。

海水浴場も島の各所に散在して、自然の景観にマッチした、遠浅の海水浴場と溶岩のゴツゴツとしたリアス式海岸に分類されており、岩場は絶好の釣り場となっている。海水浴場の汀線も白砂あり、また火山灰の黒砂ありで、バラエティであった。海女達の漁場も多く、立派なアワビやサザエが豊富で、アサリ漁も盛んである。

夕食は済州市のＫＡＬホテルのバイキングで、広いホールには１００名を超える紳士・淑女で賑わった。

料理内容はフレンチで、日本式の 握り寿司からおでんまであり苦笑した。

4～5人連れの家族団欒の微笑ましい風景もあった。

宿泊は島を縦断した南端の西帰浦市の西帰浦ホテル（将校保養所）で、内庭には、高飛込台付きの50メートルプールがあり、1周2キロの遊歩コースも設置され、その他、ビリヤード等の娯楽施設も併設されて、至れり尽くせりの設備であった。

「食事」の楽しみは、旅の第一目標に挙げられる。アメリカ・ヨーロッパ・アジアとそれぞれの特徴があり、風土や風習から育まれた食文化である。

ホテルでの朝食は、洋食と韓定食だが、躊躇なく韓定食を選んだ。飯は黒米の混じった御飯で、餅米入りで、メインは韓国鍋、シチューのような少々胡椒の利いた鍋で、アサリと魚肉と野菜入りであった。

それにキムチが4種類、他に花鯛の焼物・味噌汁付きで、満足感があった。

昼は韓国式・海鮮料理……刺身（ハマチ・タコ・イカ）、焼魚（イワシ・アジ）、鍋（魚肉・アサリ・野菜入り）、フライ（キス・イカ）、焼肉（豚肉・野菜の大盛り）。

夜は西帰浦ホテルの焼肉料理。黒豚の産地で、ステーキ用と見違える程厚くて大きな肉を鋏で切りながら、円錐型の鍋で焼いて食べる。焼き上がった肉を生野菜に包み、コチヂャン・ニンニクを鋏んで、味噌をつける。これが珍味で、ワカメスープが付くが、これもいける。

朝食以外は、アルコール付きで話題に花が咲いた。

観光の目玉は、漢拏山の圧巻である。

島の中央に位置する漢拏山は１９５０メートル、阿蘇山に瓜二つで、一巡り大型の貫禄である。噴煙はなく、死火山で雄大な眺望は、草千里を連想させる。

ゴルフ場や放牧場が散見され、キジやカッコーの鳴き声が、新緑の大草原を風に乗って伝わり、のどかな避暑地の風情を演出していた。島の何処からでも望見され、シンボル的な存在感がある。

2日目は、西側道路から、1300メートルの中腹まで登り、3日目は、東側から、1100メートルまで登山して、ミヤマキリシマの可憐な花に迎えられた。若葉の萌えだした大草原には、溶岩が露出して、250万年前の大爆発の壮絶さが連想された。20キロ北側には、外輪山の城坂岳750メートルがあり、直径400メートルの噴火口が臨めた、雄大な眺望であった。

島は高温多湿と台風の通り道で、大自然の厳しい試練に曝されていると聞いたが、滞在した4日間は快晴で、絶好の観光日和であり、好天に恵まれた。

島の北側に、英鳳門という民俗村があり、その一角でキジ料理の昼食をとった。アルミホイルの上にタレを流し込み、キジ肉（骨付き）を入れ煮込み、生野菜やキムチと一緒に食す。マッカリを飲み、心が温まると遠い原始人の生活が蘇る。

昼食後は船巡りで、三多島を周遊した。

海は青くきれいに澄んで、30メートル程の海底がのぞける。島の周りは絶好の漁場らしく、トロール船数隻が漁の準備中であった。

漁場につきもののウミネコやカモメが乱舞しており、白い糞が島の絶壁に白い縞模様を描いていた。

潮の流れも速いらしく、海水も縞模様で渦を巻いて、しぶきを揚げ虹が映えていた。

鮮魚貝類は、大半が北九州方面に水揚げされて、外貨獲得の花形となっている。

西帰浦市の東端にある西帰洞には、天地渕渓谷という瀑布があって、50メートルの高さから幅30メートルの豊富な水量が轟音とともに煙り、滝壺には巨大な鯉が悠然と泳いでいた。

滝の前では、民族衣装のカップルが、列を作って写真撮影に待機していた。

海岸線からそれ程遠くない距離に、萬丈窟という鍾乳洞がある。奥行2キロの洞窟で高さ5メートル・巾10メートルの堂々たる洞であり、一番奥の中央には、世界一という大鍾乳柱が天井から下がっており圧巻であった。その奥にも洞窟は続いているが、危険なため一般は通行禁止となっていた。奥がどうなっているのか想像するだけでロマンは尽きない。

この洞窟も漢拏山の噴火の産物とのことである。

最終日は済州市の海鮮料亭の韓定食で、旅の成果に乾杯した。金氏曰く、

「皆さんの精進がいいので、３泊４日の旅は晴天続き、多雨多湿・強風の済州島では極めて珍しい」

お世辞にしても出来過ぎた観光日和に恵まれた。済州島の天地が、我等に微笑んだ旅であった。改めて乾杯！

これも一重《ひとえ》に、金氏と菅原氏の緻密な計画と根回しの賜《たまもの》であった。

日本の植民地から解放されて57年、朝鮮戦争の国難を乗り越え「漢江の奇跡」と言われた驚異の経済成長を遂げ……また頓挫し、新しい改革のスローガンを掲げ、刷新を図っている現在、済州道も新しい槌音《つちおと》を挙げて観光立国の息吹きが感じられて、頼もしい限りである。

島を一巡してみて、どの街も、はずれの部落も居住環境が見事に整っている。これはセマウル運動の成果だと聞いたが、まるで南部スペインか南フランスの地中海沿岸の風景を思い出す。

日差しの強さと言い、海の蒼さと言い、風の匂いまでがまぶしく感じられた。

美しい島、夢の島・済州島の発展を願って、香港、ハワイを凌ぐリゾートの島・済州道の実現に最大のエールを送る。

特に北部の三多島周辺の海の色はオーストラリア東北部・グレートバリアリーフの

海を想起させた。魅惑の海の色である。

第2章

陸軍士官学校

金容哲氏は１９４９年７月、陸軍士官学校・第１期生（幹候10期）に応募して、合格した。

朝鮮戦争が突発したのは卒業一カ月前のことであった。たまたま待望の外泊許可がでた週末のことである。同僚と２人で、昼間「西部劇」の映画を観て、京城の同僚宅に泊めて貰った。夜明けの事変勃発となった。

朝食もそこそこに帰校すると、蜂の巣をごった返したような混乱の渦中であった。当時の陸士は泰陵（京城の東北・５キロ）にあり、陸士校長は李俊植准将（中国軍官学校卒・中国軍大佐）であった。

陸軍本部の蔡秉徳参謀総長（少将・陸士49期）は、議政府正面で反撃する決心をして、韓国南部の三コ師団の北上を下令し、首都整備の第３連隊（西氷庫）を第七師団に増派して、抱川道の確保。砲兵学校（竜山）の対戦車砲兵団を第一・第七師団に分属。陸士と歩兵学校の教導大隊で、混成連隊を編成して第一師団に配属された。

陸士の生徒1期生と2期生（6月1日入校）５００余名の生徒隊を編成して、抱川方面から退溪院に南下する北鮮軍の阻止を下令した。生徒大隊は、泰陵から車両で富坪里に北上し、３７２高地に陣地を構築した。

1期生が分隊長に、2期生が分隊員で、支援火力は自動小銃が7～8挺であった。大隊長は趙岩中佐（日軍少尉）、副大隊長孫官道少佐（日軍少尉）で、朝までかかって塹壕と戦車壕造りに汗を流した。

抱川方面から、避難民が続々と南下して来る。牛車やリヤカーそれに自転車を押しながら、背中には背負えるだけの家財道具を背負った避難民が続いていた。

北鮮軍と最初に接触したのは、6月26日の夕刻であった。前哨陣地に布陣していた警察部隊が、30分間の攻撃で後退をはじめた。余勢をかって、生徒大隊の陣地に殺到して来た。第一線を指揮していた副大隊長孫少佐は、敵を至近距離に引き付けてから一斉に射撃を命じ、先頭の一コ中隊はほぼ全滅した。40分間の戦闘で、大損害を受けた北鮮軍は、一旦退却した後、砲兵部隊の一斉砲撃を開始した。

防御手段のない生徒隊は、丘の反対斜面に身を隠し、折りよく弾薬等を届けに来た2台のトラックで、士官学校の防御線まで後退した。この戦闘で4名が戦死し、十数名が負傷した。北鮮軍は暗くなっても砲撃を続けたが、南下する気配はなかった。

士官学校一帯が砲撃を受けたのは、28日未明であった。また、退渓院から忘憂里方面に北鮮軍の大部隊が移動中との連絡を受け、生徒隊は分散して、ソウル経由で水原に向かえとの指示で、士官学校を後にした。

忘憂里を経て広壮橋に向かったが、橋は破壊され、渡し舟を利用した。

後退中に主力にはぐれてソウルに入り、北鮮軍に捕らえられ30数名が処刑された。

無事、水原に到着し、7月10日に大田で任官した1期生は、262名の生徒隊の中、190名であった。70余名の生徒が犠牲となった。

また4年制で入校した生徒2期生は、330名のうち、227名が出動して、82名が犠牲となり、入校25日目の戦争突入で、8月15日に釜山北郊の東莱で任官した。

戦争の苛烈さが察せられる。

然し、生徒隊の大半が、京城近郊の広壮橋付近で渡河できたのは、北鮮軍が渡河点の遮断を怠ったからである。韓国軍もミスが多かったが、北鮮軍も同様であった。

生徒隊を第一線に投入した是非は、批判も多いが……。

「国家の存亡にかかるとき、直ちに初級指揮官として任務を付与できる青年達を、応急対策として、第一線に投入して多大の損害を蒙ったことは、戦史上の汚点である」と、批判が多い。

然し、当初、米軍の介入自体が不明の段階での、首都防衛の成否が国家存亡の鍵であると判断した蔡総長としては、総力を挙げての首都防衛戦であったのだ。

それに対する批判は難しい。これは民族の歴史と、信念に基づく行為に他ならない。

戦争序曲

マッカーサー元帥が水原に飛来したのは6月29日の10時頃であった。

水原農大にあった陸軍本部に立ち寄って、チャーチ准将から報告を受け、李大統領や蔡総長の戦況説明を聞いた後、マ元帥とともに来たアーモンド参謀長と顧問団のライト大佐と英語に堪能な金鍾甲大佐を案内役として、乗用車一両だけで漢江畔の永登浦に向かった。

車には、ライト大佐が助手席に、後部座席にマ元帥、真ん中に金大佐、アーモンド少将と座り、マ元帥はコーン・パイプをくわえていた。道路の両側には避難民と敗残の韓国兵が列をつくって南下している。漢江の南岸、永登浦の町に対して砲撃は激しさを増していた。永登浦の入口では、砲撃で破壊されたバスが横倒しになって道を塞いでいる。

ライト大佐が「閣下、バックしましょう。これ以上は危険です」と言うと、マ元帥は「漢江を見たい」と平然としていた。

それまで、金大佐はマッカーサーに尊敬の念もなければ、偉大な将軍と思ったこともなかった。

むしろ尊大ぶった挙措《きょそ》に嫌味を感じていた。それは、これまで接していた米軍顧問らが、北鮮軍の侵攻がはじまると、平素の傲慢さに似合わず、慌てて翌日の26日には日本へ退避してしまった反感も手伝っている。

が、この一言でマ元帥を見直した。

流石だと思った。心なしか、70歳の老顔の奥に烈々たる闘志が秘められているような気がした。

車から飛び降りた金大佐は、付近を通りかかっている将兵を集めて、バスを移動させた。マ元帥に漢江を見せたい一心である。

永登浦の街中に入り、東洋ビール会社の近くで車から降り、塀伝いに歩いて小高い丘に登った。一行は稜線から頭だけ出して漢江を眺めた。太古の昔からの姿そのままに、平和であったときと同じように悠々と流れている。眼下の堤防の所々で、小銃だけ持った兵隊が、軍曹の指揮のもと、5～6名ずつで一心不乱に壕を掘っていた。

対岸のソウル市街は、所々で火災が発生して煙やガスに覆われている。

北漢山も南山も漢江橋畔も霧がかかったようで、幻の影絵のようであった。

マ元帥は、ライト大佐が差し出した双眼鏡で、暫く見渡していたが、一言も喋らない……ただじーっと見回している。

暫くして、双眼鏡をライト大佐に返したマ元帥は、堤防伝いに降りると、近くに居た軍曹に握手を求めて近づいて行った。

そして、「いつまで漢江が守れるか」と尋ねた。その頬には微笑が浮かんでいたが、眼は鷹のように鋭かった。

不動の姿勢で応対していた軍曹は、マ元帥を睨みつけて……、

「閣下、私は兵隊です。閣下も軍人ならおわかりでしょう……中隊長が守れと命ずれば、死ぬまでこの堤を守ります。然し、中隊長が退《さが》れと命ずれば退《さが》ります。いつまで守れるかわかりません。中隊長に聞いて下さい」と、堂々と答えた。

軍曹の凛然とした態度と要領を得た返答は聞く者の心に響いた。マ元帥は満足そうに「ＯＫ、よくわかった。東京に帰って米軍を救援に送るから、それまで頑張ってくれ、健闘を祈る」と、言って再び泥だらけの手に握手した。

始興に帰る車中では、マ元帥は瞑想に耽っていたが、思い出したように、金大佐に……「現在の韓国軍の兵力は、どの程度だ……」と尋ねた。金大佐は一瞬、躊躇した

が概算で「兵員だけは、二〜三コ師団分は残っていますが、部隊としての組織は崩壊し、指揮通信の手段を全て失っている。そのうえ、重火器の殆どを失っているので、戦力としては期待に遠い。現状ではゲリラ戦以外に方法はない」と、答えた。

この返答が、そのまま東京からワシントンに報告された。

後日談だが、その後、第一軍団参謀長となった金大佐が元山に進攻すると、飛来した第十軍団長アーモンド少将と再会した。

そのときも漢江河畔の軍曹が話題となった。

その後、暫くしてマ元帥からも金大佐宛の私信が届いたが、その中にも「あの軍曹は元気か?」との一節があった。余程、感銘を受けたのであろう……おそらく第8連隊に所属していた筈の軍曹の消息は不明である。

この軍曹の一言が、マ元帥を動かし韓国を救い、奇蹟の再建のスタートとなった。

実は今だから言えるが、マ元帥の戦線視察の目的は、韓国兵の戦う意志の確認であったのだ。

6月30日、蔡秉徳総長が更迭されて、丁一権准将が参謀総長となった。

丁の経歴は、満州国軍官学校出（陸士・55期相当）の満軍・大尉で終戦を迎え、高級司令部要員であったために、ゲ・ペ・ウに呼び出され「殺人予備罪」で、シベリア流刑を宣告された。中国・国民党の要員800余名とともにシベリアに向けて、新京を発った。彼は列車がハルピン付近を通過する深夜に、監視のソ連兵を突き飛ばして、走行中の列車から飛び下りた。その後、満人に変装して逃避行を続け、11月中旬に平壌に無事帰還した。まもなく盟友の白善燁氏とともに38度線を越えて、京城に向かった。その後、韓国の建軍に伴って国軍に参加した。

当時の朝鮮半島の情勢は、北鮮はソ連軍と秘密警察が巾を利かせ、いずれ共産党独裁の暗黒政治が予知できた。

他方、38度線以南は、100余りの政党が乱立して騒々しい世情であったが、米軍政下で自由だけは保証されていた。

志のある人達は、家族とともに競って南下をはじめた。参考までに付記すると、新義州学生暴動事件がある。

45年11月23日に発生した。新義州の男女中学生3500余名が、

① 韓民族の奴隷化を防ぐため、共産党一党の統治に反対。
② 学問の自由・学園の自由を守る。
③ 避難民の救済に名を借りたソ連軍の強制献金反対。

これを世論に訴えながら、平北道・人民政治委員会、保安部、平北・共産党本部に

訴えた。これに呼応した一般市民も多数参加して、日々デモが増加した。

これに対し、突如、ソ軍が機関銃を乱射し、戦闘機も参加して鎮圧した。

学生の死者25人、負傷者400余名、逮捕者1000余名、流刑（シベリア送り）100余名であった。この者達の消息は不明。

韓国軍・基幹要因。（順不同）
韓国軍の出身別内訳は、次のとおり。
日本陸士出身　12名（大佐から生徒）
満軍出身　18名（中佐から准尉）
中国軍出身　2名（少佐）
学徒兵出身　72名（少尉から見習士官）
この中の者達が、韓国軍の基礎を築いたのである。
蔡秉徳（陸士49期・参謀長中将・戦死）
劉載興（〃〃55期・国防部長官）
丁一権（満軍大尉・大将・総理）
李亨根（陸士56期・大将・駐英大使）

揚国鎮（満軍大尉・軍団長・中将）
李永純（日軍中尉・師団長・少将）
崔周鍾（満軍少尉・師団長・少将）
崔慶禄（日軍准尉・参謀総長・中将）
李春景（日軍少尉・師団長・少将）
張昌国（陸士59期・参謀総長・大将）
金英煥（日軍少尉・空軍総長・少将）
姜文奉（満軍少尉・軍司令官・中将）
閔機植（日軍少尉・参謀総長・大将）
林善河（日軍少尉・人事局長・少将）
朴炳権（日軍少尉・軍団長・中将）
朴基丙（日軍少尉・師団長・少将）
白仁燁（日軍少尉・軍団長・中将）
安光銖（陸士59期・大佐・儀典室長）
元泰燮（日軍少尉・師団長・少将）
金鍾甲（日軍少尉・国防部次官・中将）

金鍾五（日軍少尉・参謀総長・大将）
朴東均（満軍軍医大尉・兵務局長・少将）
李致業（日軍少尉・陸本輸送監・准将）
金桂元（日軍少尉・参謀総長・大将）
兪海濬（光復軍参謀・少佐・師団長少将）
李成桂（中国軍少佐・陸大総長・少将）
咸炳善（日軍准尉・国防大学長・中将）
劉興守（日軍少尉・師団長・少将）
丁來赫（陸士58期・国防部長官・中将）
元容徳（陸軍軍医中佐・憲兵司令官中将）
金東英（日軍少尉・軍需局長・少将）
金炳吉（日軍少尉・師団長・少将）
崔泓熙（日軍少尉・軍団長・中将）
金烔一（日軍少尉・参謀次長・中将）
黄憲親（日軍少尉・人事局長・准将）
金益烈（日軍少尉・国防大学長・中将）

安東淳（日軍少尉・師団長・少将）
咸俊鎬（日軍少尉・連隊長・大佐・戦死）
崔榮喜（日軍少尉・国防部長官・中将）
文容彩（満軍大尉・師団長・少将）
白善燁（満軍中尉・参謀総長・大将）
金白一（満軍大尉・軍団長・中将・戦死）
李翰林（陸士57期・軍団長・中将）
鄭宸院（日軍少尉・師団長・少将）
申尚澈（陸士58期・師団長・少将）
呉徳俊（日軍少尉・軍団長・中将）
金宗勉（日軍少尉・師団長・少将）
白善鎮（日軍少尉・財務部長官・中将）
蘇炳基（日軍少尉・師団長・少将）
魏大善（日軍少尉・連隊長・大佐・戦死）
金賢洙（日軍少尉・師団長・少将・戦死）
白南権（日軍少尉・陸士校長・少将）

金完龍（日軍少尉・師団長・少将）
金炳徽（日軍少尉・師団長・少将）
崔　錫（日軍少尉・軍団長・中将）
金相福（日軍軍医中将・参謀次長・中将）
金容培（日軍少尉・参謀総長・大将）
李厚洛（日軍少尉・中央情報部長・少将）
張都暎（日軍少尉・参謀総長・中将）
李相喆（日軍少尉・師団長・少将）
李喜権（日軍少尉・師団長・少将）
張好珍（日軍少尉・厚生監・准将）
閔丙権（日軍少尉・陸本人事局長・中将）
白仁基（日軍少尉・連隊長・大佐・戦死）
朴珍景（日軍少尉・連隊長・大佐・戦死）
金一煥（満軍大尉・国防部次官・中将）
崔昌彦（満軍中尉・国防大学校長・中将）
宋堯讃（日軍准尉・中将・国務総理）

張銀山（満軍中尉・砲兵団長准将・戦死）
金雄洙（日軍少尉・軍団長・中将）
姜英勲（日軍少尉・陸士校長・中将）
李贄衡（日軍少尉・軍史監・准将）
金宗文（日軍少尉・国防部局長・少将）
朴炫洙（日軍少尉・軍需司令官・少将）
朴璟遠（日軍少尉・軍司令官・中将）
申鶴鎮（満軍軍医中佐・医務監・少将）
李應俊（陸士26　期大佐・参謀長・中将）
朴正煕（満軍中尉・師団長・大統領）
金點坤（日軍少尉・軍団長・中将）
金鍾泌（日軍少尉・国防部局長・総理）

ここに列記した面々が、韓国軍の中核を形成した。勿論記入洩れも多々ある。様々な出身系別、出身地方別、入隊年次別などの複雑な要素で構成されていた。自然に出身系別を中心として派閥が築かれ、地方別・年次別となり一応の体制が形成された。当時としては、韓国の頭脳と俊秀を代表する人物で、各界からの期待も大きかった。その代表例が、日本の陸士系、次が満軍系であり、中国軍やソ連軍出身者は数において遠く及ばなかった。

派閥間の争いよりも、最強のライバルは、同じ系列内の年次と同僚との争いであった。

同様に思想、宗教についても、微妙な問題が発生していた。同期生であるが故に波風の立つ場合があり、生涯のライバルとしての因縁も生じた。また、全く別の系列の人間に好感を持ち、生涯の友とした者も多々ある。複雑な人間模様を織りなしていた。

46年秋から47年春にかけては、共産党の集会が韓国全土で華やかに開かれた時代であった。集会に下士官や兵士が制服で参加し、共産党員が士官学校にも出入りしていた。46年暮れに南山の第1連隊・第6中隊を調査したら、将校以外、全員が党の組織に加入しており、連隊長が青くなったという。

当時は、思想の自由を謳歌したので、党員だからと拘束したり排除する法律がなかった。優秀な下士官は党員でも士官学校に入校できたのである。党の命令によって、同期生を赤化するのが目的であった。後で反乱を指導した罪で、その多くが粛軍の対象となった。

当時は将校養成の理念も明白でなく、校風も定かでなく伝統もない。全てが創設初期の無統制下であった。

候補生の教育や隊内生活を統括する生徒隊長も彼が体験した日本軍時代の概念での教育実践となり、種々の不都合も生じた。

国軍としての規範もなければ、大統領からの示達もない。日本軍時代に学んだ、軍事訓練を踏襲し、そのままを適用するしかなかった。武士道の智・仁・勇を掲げてはみたが、崇高な教育理念とは裏腹に、現実との矛盾に、多くの教官達は悩み戸惑ったのであった。ときに、将校生徒養成の正道から逸脱した教育も多かった。創設期の経験不足が多くの問題を抱えながらも韓国軍誕生の産みの苦悩となった。

開戦時の韓国軍の兵力は、八コ師団6万7000余名に対して、北鮮軍は歩兵十コ師団、戦車一コ旅団の他に、機械化連隊・単車連隊・遊撃連隊が編成され総勢15万余である。
・韓国軍の倍を超え、戦意が旺盛であった。
・装備内容に格段の差があった。
韓国軍にない、T34戦車・242両、装甲車・54両、122ミリ砲・172門、76ミリ自走砲・176門、76ミリ砲・380門、迫撃砲は韓国軍の3倍の3000余門の装備であった。

6月26日の未明、雨と霧にかすむ暁暗の中、240キロの38度線の全線で突如として、3000余門の砲の一斉射撃がはじまったのである。よもや、戦争の大事に発展するとは予想もできなかった。

米軍顧問団長のロバーツ准将以下、中性模国防部長、蔡秉徳参謀総長以下が北鮮軍の総攻撃を夢想だにしなかったのである。

逆に警戒線を解放していた。

韓国軍首脳部の高級将校ら100余名は、米軍顧問団とともに、将校クラブの落成宴を開催して、運命の6月24日の週末の祝宴を楽しんでいたのである。

北の陰謀

一方、陸軍本部は、蔡総長の命令で、３カ月間の非常警戒令を6月23日をもって解除した。各師団長は、部隊長の裁量で休暇、外出を許可したのであった。

首都警備司令部も同様で、隷下の第３・第18連隊も休暇と外出に隊内は空室となった。いつの時代でも同じである。第二次大戦をみてもドイツが英国は参戦することはないと、ポーランドに侵入した。スターリンは独・ソ不可侵条約を信じて、緒戦の大敗を招いたのである。日本も然り、南部仏印に進駐しても米・英が経済封鎖に踏み切るとは読めなかった。米国もまた、「奇襲」情報を入手しながら、真珠湾攻撃を許してしまった。軍事的に考察すると、奇襲した方が悪いのではなく、された方が悪いのである。

責任と負託に応えられない軍隊は、必要がない。国家の安全を防護できない軍隊は、いかなる理由があろうと、言い訳は成り立たない。軍の存在価値は、侵略を未然に防止して、国防を全うすることである。

韓国軍首脳が休暇・外出を許可し、祝賀パーティに浮かれた中で、軍本部の作戦情報室だけは緊張が続いていた。朴正熙室長は母親の訃報で帰郷中であったが、金鍾泌中尉と李永根中尉が主体となって、諸方の情報を分析した結果「北鮮軍の全面攻勢の時機は逼迫している。今日明日で、明日の日曜日が危機だ」との結論を出し、報告した。情報局長張都暎大佐は、24日正午に蔡総長に報告した。反応はなかった。

陸軍本部は久し振りの半ドンで、多くの将校は帰路を急いでいた。

蔡総長は気掛かりだったのか、夕刻、突然情報室を訪れた。「本部の諜報部隊を大至急、東豆川・抱川・開城地区に潜入させて、敵情を収集せよ。結果は明25日午前中に報告せよ」と、指令した。金鍾泌中尉は、「警戒令の発令」を上申したが断られた。

金中尉は局長の張大佐に、「事態は極めて重大である」「各局長に通報する必要がある」と、訴え認められた。また諜報部隊を直ちに浸透させることに成功した。

このときの金中尉の機転と卓見は、後に軍事革命で蹶起《けっき》する主役の片鱗が窺われ、国家の柱石となるに相応しい器量が垣間見える。

朴正熙室長と金鍾泌班長は、この頃から群を抜いて際立っており、車の両輪であった。

　一方、24日夕刻、陸軍将校クラブの開館パーティが開かれた。陸軍本部構内にあった参謀学校をクラブに改修した。

　宴には国防部や陸軍本部の首脳と近くの第一線指揮官も招待された。第一師団長白善燁大佐、第七師団長龍載興准将も顔を出した。在京の米軍事顧問の大多数も参席していた。開城正面の第12連隊付の顧問もダリゴ大尉1人を残し、他は参加した。

　この土曜の夜の軍首脳のパーティが、奇襲を誘発したのは否みようがない。

　5月以来、度々北鮮軍による南進の噂が流れ、主要道周辺にT－34戦車の動静を感知しながら、最も危険な時機にパーティとは常識的にも不用心であり、謀略だと疑われても仕方がなかった。

　最大の責任は米軍顧問団と李大統領である。「戦争が起こる筈がない、北鮮軍が米国や国連に公然と反抗できるわけがない。韓国軍の現兵力で十分に対抗できる」と、盲信していた米軍顧問団と、首都周辺の主要道路に戦車壕を構築した防御陣地を撤廃させた大統領のお粗末な軍事知識に起因する。

　当時の米軍事顧問団は最高の権威をもって韓国に君臨していた。第二次大戦に勝利した連合国の君主であり、韓国独立の立役者であった。武器の供与から、ガソリンの補給まで、彼らが首を縦に振らない限り、小銃弾の一発まで彼らの思うままであり、米軍顧問のご機嫌を損ずることは、国の為にならない、万事に支障をきたす時代であった。

米軍顧問の判断がオールマイティであった。また、米軍によってダンスが流行し、この夜のパーティでも盛況であり、散会したのは深夜を過ぎていた。

韓国軍の高級将校達は、旧日満軍の下級将校が主体であり、思わぬ終戦で、またたくまに軍首脳に英進して、権力と予算を握ると、無鉄砲の行動も少なからずあった。

それ故、米軍顧問とともに遊ぶのがノーマルであり、顧問団と遊べない人間は仕事ができない時代であった。悲しいが、これが風潮であり、実態であったのだ。

この時点で、数日前から、第一線師団から北鮮軍の集結や砲兵、戦車の異常な行動について緊急報告があっても、従来の局地紛争の再発程度にしか、米軍顧問団も軍首脳も認知していなかったというのが実情であった。

結論から言うと、南北のバランスの崩れが朝鮮戦争の原因であった。開戦当時の戦力格差が生ずると「北」が侵略の誘惑にかられるのは当然である。戦争が罪悪であり、侵略者が無法であっても、無法者をその気にさせた「南」にも責任があったのだ。

戦争を恐れるなら、戦争に備えねばならぬ。戦争を恐れるあまり軍事力を空白にしておくと、そのときこそ戦争の災厄が襲いかかってくるのである。

韓国の軍事力の貧弱が、「北」を誘発した。米軍に頼りすぎて、自らの努力を怠った結果であった。

運命の6月25日未明が到来した。

25日午前1時、情報局が派遣した甕津先遣隊から「国師峰の北側稜線を大部隊が登坂中」の第一報が入り、午前3時には汶山から「敵は九化里から渡河用の舟艇多数を輸送中」と報告された。続いて4時過ぎには抱川正面の第七師団情報班から「梁文里北方の万才橋をT―34戦車多数が南進中」とあり、当直将校から「敵の砲弾が落下中」と報告された。

第3章

韓国軍の狼狽

議政府の第七師団情報班が、敵侵《てきしん》と判断して陸軍本部に緊急信を報告したのは午前5時であった。

報告を受けた陸本情報班の金中尉は、38度線の全部隊に敵侵の緊急信を発するとともに張情報局長に「全面侵攻」を報告した。金中尉は続いて、作戦・人事・軍需局長らに緊急連絡をとった。

原州の第六師団からも敵侵の緊急信が届いていた。

日曜日の早朝の「非常呼集」を晴天の霹靂のように感じた将兵が殆どである。

陸軍本部の将兵が登庁を終えたのは10時過ぎであった。各連隊も同様であった。逐次帰隊する将兵を、中隊・大隊に臨編して、北から怒濤のように押し寄せる大軍に対応せざるを得なかったのである。

「作戦命令第1号「非常令」」が発せられたのは北鮮軍の南進開始後3時間が経って

いた。

3年続いた戦いのはじまりである。

前線部隊から陸本にかかってくる電話は「助けてくれ」「弾丸送れ」「増援頼む」であった。このときから数日「食事した、煙草を吸った、トイレに行った」記憶もない。正午頃「全面戦争」と悟った首脳部は、議政府の第七師団司令部に蔡総長がジープを飛ばした。師団長劉載興准将は次のように報告した。

「57粍対戦砲もバズーカ砲でもT―34戦車は破壊不能、第一線は瞬時に突破され、第1連隊を東豆川北側台地に、第9連隊を炭場の主陣地に配置して、主要幹線を制圧しているが、戦車隊に突破されると防御手段がない」と。

同行の米軍顧問のハウスマン大尉も両手を広げ、策なしであった。

蔡総長は「日本軍の肉弾攻撃しかない」と言うと、劉師団長も「私もそれしかないと思っていた」と、頷いた。「至急TNT火薬を前線に送る」と言う他なかった。

百聞は一見にしかずで、蔡総長は帰途は終始無口で悔恨と失望の念にかられた。

南部の三コ師団にも直ちに北上が発令され、24時間以内にソウル到着を命じた。

首都警備の第3・第18連隊には、直接第七師団への増派が下令された。

開戦当初からT―34戦車の威力におびやかされた。対戦車砲やバズーカ砲が無力であることがわかると、戦車を見て逃走する兵士が後を絶たなかった。

この戦車恐怖症は、米軍のM―4が来ても癒らず、M―26やM―47が来援して初めて治まった。

次に、通信能力の不足・不備が、指揮の不手際や災難の原因となった。通信の不備は師団も困惑したが、陸本はより混乱し、その能力を発揮できず、系統だった防御戦闘が不能に陥った。

情報は自分自身の足で収集せねばならない。報告が来る筈だと下級部隊に期待してはならない。時宜を失しては意味がない。

内容に不満が残る。自らの眼と頭で収集してこそ価値がある。指揮官が陣頭に立って指揮する。状況を肌で感じ、戦場の雰囲気を体験して、その情報を確認することが最重要であった。

この戦争には多くの疑問が残る。

開戦当時の陸軍本部の首脳は、殆どが北朝鮮出身者で要職を占めていた。

国防次官張暻根（平北）、参謀総長蔡秉徳（平壌）、作戦参謀副長金白一（咸北）、情報局長張都暎（平北）、作戦局次長朴林恒（咸南）、情報局次長高貞勲（平南）で、人事が北出身者に偏していた。

また、ソウルが奪われるまで、ラジオ放送は、実情を伝えず、韓国軍は「勝利・北進中」と嘘の報道を続けた。

緒戦《ちょせん》から無惨な敗戦を喫した韓国軍が、立ち直り、洛東江の線を死守し、釜山橋頭堡の北側戦線100キロを確保して、逆転に成功し反撃し、ソウルを奪還《だっかん》の後、38度線を北進し、鴨緑江まで到達し、中共軍と戦火を交えて、休戦交渉に至るまでを考察すると、多くの教訓と感慨が残る。

金候補生は、大田で少尉に任官して、第一師団に配属されて一カ月間撤退を繰り返しつつ洛東江の防御線を構築したが、何処をどう経て到達したか定かでない。中隊の兵力は半減し、小火器しか残っていなかった。

釜山の補充兵養成所からの新兵補充と米軍第八軍の前線配備で一息ついた。8月末、戦車・火砲・重火器部隊の増援で、やっと互角の戦闘が可能となった。

洛東江の防御線を確保するまでは、救援部隊の先鋒の米軍第二十四師団が水原の抵抗線で分断され、潰滅状態で、デイン師団長が捕虜になる失態を演じてしまった。

兵力の戦線に逐次投入という、最も悪い作戦運用である。「すわ、鎌倉」と、ばかりに慌てふためいた米軍の泥縄式戦線参加は韓国軍と同様に、「前車の轍」を踏む結果となったのである。

38度線の240キロ余りの山脈沿いの稜線を防御するには、三コ師団でも荷が重すぎるのに、当時は一コ旅団で全線を担当していた。

商人達は、南北交易はもうかると精を出しており、分断された親類縁者の往来も盛んであった。勿論、諜報関係者やスパイ等の潜入も容易であり、自由を求めて北から帰順して来る軍人や民間人も多かった。

当時、韓国軍陸軍本部では、敏腕の張都暎情報局長のもと、朴正煕作戦情報室長、金鍾泌北韓班長などが北鮮の動静を綿密に観察しており、その情報は極めて正確であった。

49年秋から50年春にかけて、米軍顧問団を通じて、東京の極東軍司令部に逐一通報されていた。その内容は、49年10月北鮮軍第109戦車連隊が南川（開城北40キロ）に、第203戦車連隊が鉄原（38度線北33キロ）に南下した。この戦車は、ソ連製、新型T−34である。米軍顧問が繰り返す日本軍が残置した旧戦車でないと、反論しても通じなかった。

中性模国防部長官が顧問団長ロバーツ准将に50年3月に至急米軍の新型戦車、M−26、200両の供与を要請したが、断られた。理由は韓国の地形や道路、特に橋梁が貧弱で、戦車の効果的な運用には不適であり「2・36吋バズーカ砲で、防御可能」を繰り返していた。「北鮮軍が公然と戦争を起こし冒険をすることはない」であった。

50年春に、陸軍本部情報局は、再度、緊急通報を発信した。北鮮軍元山の第三師団が鉄原に、咸興の第二師団は中央の春川に移動を完了した。然し、米軍当局は信じられぬ程、楽観的であった。

「北鮮軍がいくら力んでも、後方の中共やソ連に、戦争への余力はない」と、たかをくくっていたのである。

この無責任な顧問団は、開戦の翌日には家族とともに日本に避難してしまったのである。置き去りにされた韓国軍と国民の心情は、察して余りある……悲劇のはじまりであった。全ての責任を負うべき者は去った。

金氏の生い立ち

金容哲氏とは、韓国各地で宿泊し、回数を重ねるたびに、当時の世相や社会情勢等について種々会話を重ねた。

戦争が終結して、在郷軍人会等で、朴正熙氏と再会した際、朴氏曰く「俺が今村将軍を尊敬していることは、内緒だよ！」と、釘をさされた。

すかさず、金氏も「私が百済王の直系ということも内緒です」と、昔から親日的な指導者も多かったが、率直に主張できないもどかしさもあった。

その後、反軍的な大統領が出現して、混迷した時代もあった。それらは、古代からの因縁や郷土性等の風習の違いや血縁等がからみ合い、複雑な社会現象となっている。然しながら、朝鮮半島と日本列島の民族は同じＤＮＡを持つ同一民族である。

太古の昔から交流が絶えなかった証である。

その後、朴氏が大統領に就任してから、百済陵墓が30年間の保護期間が、３００年に延伸されたと喜んでいた。「陵墓が護られて良かった。国の許可が下りた」と、金氏の安堵した様子を頼もしく感じた。

金氏は停戦間近の時機に、38度線の中央北部の要衝「鉄の三角地帯」の戦闘で重傷を負い、九死に一生を得て、5年後に軍を退役した。その後も10年間、年に数回通院を重ねた。

金氏とは、2000年10月に奇遇の再会をして以来、2003年12月に他界するまで、年に4~5回、韓国や都内での再会を楽しみにして交流が続いた。

温厚で誠実な人柄は、常に大人の風格を漂わしていた。やはり血筋は争えない。百済王家の血脈は、今も脈々として、後世に継承されるものと確信している。

金氏と私は、お互いに歴史が好きで、不思議と価値観や趣味が共通しており、会話がはずむと時間を忘れた。

4世紀の新羅（奈勿王）の『新羅本紀』には、神功皇后の侵攻が記録されており、日本が百済と同盟を結んで、朝鮮南部地域に勢力を維持したと述べられている。

その後、552年になって、高句麗と新羅の連合軍に百済は攻められたが、聖明王は3年間、欽明天皇との盟約を信じて奮戦したが、新羅の真興王の奸智で、日本の大連・物部尾輿と大臣・蘇我稲目と結び裏切られた。

聖明王は皇太子の余昌（威徳王）の救援に出陣して、無念の死を遂げた。

神功・応神の百済支援と比較して、百済の敗戦で、日本の信義は地に落ちたという他ない、大失策であった。

新羅の真興王は、その後ますます日本に対しては朝貢を増やし、権臣への献上も怠らず、表面上は日本への忠誠を誓っていたが、聖明王没（百済）7年後、新羅の大軍が突如として、任那全土に侵攻した。

任那は、瞬時に滅亡してしまった。

この報せに驚いた日本は、慌てて紀男麻呂を大将軍として、新羅征伐軍を出陣させ、続いて翌8月には大伴狭手彦を高句麗討伐の将として大遠征軍を出動させた。

新羅軍は決戦を避けて、敗走したので日本軍主力は深追いせず、戦線を縮小して帰国した。高句麗攻めに向かった大伴狭手彦も、敵軍を撃破し、多くの戦利品を得て帰還した。

然し、任那の復興はかなわず、百済の威徳王（余昌）は、日本に対して生涯不信の念は消えなかった。

その後15世紀になって、黄海や東支那海で暴れた倭寇は、日本人・朝鮮人・中国人・琉球人等の混成部隊で、国際的な組織であった。情況によって貿易商人や海賊に変幻自在に変身した。行動範囲も香港沖からフィリピン・仏印・インドネシア海と広範であった。

対馬倭寇は、変動する国際情勢に翻弄されながら、したたかに生きた国際派の海洋民族であった。これは史実から明らかである。

倭館にしても、15~19世紀まで設置されていた外交・貿易の拠点で、文化的・経済的にも大きな意義があった。

「日本の中国地方の大名であった大内氏の初代は、百済王の三男坊だったと、本で読んだことがある」と言うと、彼はビックリして「調べてみる」と、興味津々だった。

それ以前では、7世紀に高句麗人の集団渡来がある。

高句麗は、紀元前に中国大陸の松花江流域に勢力をもった騎馬民族で、逐次、朝鮮半島北部に南下して、勢力を拡げ、文化を発達させた。その統治は700年余におよんだ。

その後、唐と新羅の連合軍に度々攻撃されて、とうとう688年に滅亡することとなる。その直前に乱を逃れて、高句麗の王族・貴族それに僧侶達が、100隻以上の船で大挙して海を渡り、日本沿岸に渡来した。

日本は奈良時代で、渡来人達を数カ所に分散させて居住を認めた。その一部

１８００余名が武蔵国に移住した。

霊亀2年（６８９年）武蔵野北部の開発をはじめる。高麗郡が設置され、高句麗王子の若光が郡司に任命された。

当地方に居住の住民達も積極的に開拓や地域開発に協力して、事業は大成功を収め、その後１０００年以上、綿々と伝承されてゆく。

若光王子の没後は、威徳を偲んで、その霊を祀って、高麗神社とあがめられて現在に至っている。

高句麗も百済も、日本史とは深く係わっている。新羅末に後高句麗の建国があり、全羅北・南道を中心に後百済も建国された。

後高句麗の建国が９０１年、これを王建が滅ぼして、高麗を建国したのが９１８年、また９３５年には新羅も合併している。

翌、９３６年には、後百済も統一して、後三国時代が終わる。

百済との関係は、斉明天皇（６６１年）が百済救援のために、新羅追討の軍を出兵した事実が、記録に残っている。

万葉集に歌われている。

熟田津に船乗りせむと月待てば潮もかなひぬ今はこぎ出でな（額田王の歌）

百済救援軍が伊豫の熟田津を出航するときの情景を歌ったのである。この軍勢の中の指揮官に、中大兄皇子や大海人皇子も一翼を担い、従軍したと記録にはある。斉明天皇御自身も高齢をおして、全軍を指揮して筑前朝倉宮まで赴かれたと記されている。

額田王は、航海の無事と戦勝を願う天皇の御心と、全軍団の心の統一と集約を願って、この歌を詠まれた。額田王が25歳の頃であった。軍団の伊豫の港に立ち寄ったのは、戦勝祈願であったと記されている。

万葉の時代も現代同様、朝鮮半島とは密接な関係があった。戦後の我が国における天皇皇室論では、天皇には「武」の精神がない、と誤解を招く論議があるが、天皇が「武」の継承者であることは、神武天皇以来の歴然たる事実である。「三種の神器」に「剣」があることが、明白に証明している。

翻って、昭和20年の春は早く、4・5・6月と駆け足で初夏が巡ってきた。最上級生の4年生は、次々と陸軍特別幹部候補生（特幹）や甲種予科飛行練習生（予科練）に続々と入隊して行った。在校生は2～3日おきに、全州駅に見送るのが日課となっていた。

校門を出て駅まで2キロの距離で、砂利道の両側には、桜・ポプラ・柳の並木道であった。校歌や軍歌で、隊列を整えて、駅で見送る。ときには全州神社に参拝の後、全州川沿いに駅まで行進したが、堤防上の桜が満開であった。或るとき、全州神社で参拝の折り、見送られる先輩の1人が、藤田東湖の長い詩を吟じたのが印象に残った。「天地正大の気、粋然として神州に鍾まる、秀でては不二の嶽となり、巍巍《ぎぎ》として千秋に聳ゆ、注いでは大瀛《だいえい》の水となり、洋々として八州を環《めぐ》る、発しては万朶の桜となり」

また或る先輩は、駅のプラットホームで発車ベルの鳴り響く中、全州高女の生徒が、桜の小枝にリボンを付けて、先輩に渡した姿が胸に焼きついた。

見送った後、初夏の陽が傾きかけた頃、寮に戻ると、言いようのない孤独感に襲われた。他の寮友も同じ思いで、口数が少なく、悄然としていた。先輩達もやりきれない様子で、暫くすると「お前達も加勢しろ」「景気をつけるぞ」と、用を言いつける。

1年坊主が、肉や野菜それに焼酎やマッカリを調達に、2~3人で南門の脇のヤミ市に走り使い。最初はオッカナ・ビックリ、薄暗い闇市に入るのをためらったが、馴れてくると要領よく目的の品々を求めて、寮に戻り、舎監の眼を気にしながら、賄いの小母さんに調理法を習ったり、七輪に火をおこす手助けを頼み、隠密行動で部屋に搬入した。

会食の室は、舎監の室（1階・西端）から最も遠い2階の東端の室を常時使用した。

階段の上には、見張り役が警戒した。

我ら1年生も会食がはじまると、末席で給仕をしながらご相伴できるのが、唯一の楽しみであった。

暫くすると、決まって「同期の桜」と「男なら」それに「ダンチョネ節」を低い声で唱和する。歌いながら、涙をボロボロこぼす先輩もいた。最後はいつも「男なら、男なら、未練残すな浮き世のことに、花は散り際、男は度胸、運と天とは風まかせ、男ならやって散れ」その次が「学徒出陣の唄」。

「後に続けと兄の声、5尺の命引っ下げて、国の大事に殉ずるは、吾ら学徒の面目ぞ、あゝ紅の血はたぎる」

6月に入ると勤労動員が慌ただしくなった。

4・3年生は、群山飛行場に2週間・交替の長期間動員。2・1年生は、日帰りの農作業（田植え、芋植え）と松根《しょうこん》掘りに明け暮れた。片道5〜6キロの徳津地区が作業場である。大きな池があり、丘が散在し、田圃が拡がっていた。（現在は学園都市と公園）沖縄戦が終わってまもなくのお昼前である。我々数名は松の木のまばらな丘の上で草刈り作業中であった。

突如、上空3000メートルに4発の大型機・2機が現れた。咄嗟に敵機だと直観した。

1時間前に「警戒警報」が出ていた。

急旋回すると、高度を下げて2キロ先の鉄橋を目標に、爆弾・数発を投下した。水柱が高々とあがった。敵機は上空を1周すると、我々勤労学生めがけて、バリバリと機銃掃射をはじめた。田圃の女子学生は、クモの子を散らすように四方に走った。

丘の上空・100メートルに舞い降りると、風圧でカササギ数羽が足もとに落下したのにびっくりした。巨大な胴体の上にある2連装の旋回銃座には、丸首シャツの赤ら顔の少年兵が、笑いながら、下方に向けて打ちまくっていた。コンソリーデーデッドB24重爆である。一式陸攻の倍の巨大さに、しげしげと見入った。

丁度そのとき、列車が鉄橋に接近して来た。軍用列車だった。B24が見逃す筈がない。好餌とばかり、襲撃した。軍用列車にも天蓋に高射機関銃が備えており、上・下で射撃開始………列車も停止して、前・後の銃座からドン・ドン・ドンと腹に響く射撃音が轟く。まるで、映画のスクリーンを見ている錯覚に捉われた。ときどきB24の翼や胴体から金属片が飛び散って、陽光にキラキラと舞っていた。

我々は丘の草むらから、この情景を固唾を呑んで観戦した。Ｂ24が、２〜３周したとき、突如ものすごい爆音を轟かし、４発のエンジンが一瞬、火を噴き、身震いして急上昇を開始した。何事かと、眼を凝らすと、３０００メートル上空から3機の零戦が一直線に突入して来るのが見えた。それは一瞬の出来事だった。銃撃音が上空に木霊した。

ハッと、我に返り、上空を見回したが、既に上空に機影はなかった。

薄雲のたなびく西の空、黄海方面を目指して、消え去っていた。

眼前の軍用列車も何事もなかったように発車して行った。後ほど、兵事部で耳にしたが、軍用列車には、朝鮮軍司令官の板垣大将が乗っていた。Ｂ24は、黄海上で撃墜したと聞いたが、真偽は不明である。

この空襲で、全中生に被害はなかったが、女学生1名が、足を負傷したと聞いた。

その日の夕刻、学校に帰ると、国文の山下先生に呼ばれて、職員室を訪ねると「君のお父さんは、鹿児島一中だな、俺は二中だ。お父さんが新聞に投稿したのを知っているか」「いいえ、知りません」「後で、この新聞を読め」と「全北新報」を渡してくれた。

「君のお父さんは、偉いよ……今のご時世に、これだけハッキリ言える人は少ない……今度帰ったらよろしく伝えてくれ」と、父を賞讃した。

寮に帰って新聞を広げると「牛島将軍を偲んで」の見出しで、大正時代・中期の鹿児島1中時代の体験記であった。

軍事教官として、母校に奉職中の牛島中佐についての記述であった。

或るとき、配属将校の中尉と少尉が、些細なことで、生徒に鉄拳制裁を加えている現場に通りかかった。牛島中佐が「待て」と、止めて、2人が事情を説明すると、「分かった。今後、暴力による教育指導は、これを一切禁止する」「暴力を加えて、歯を折ったり、耳の鼓膜が破れたら、どうする、責任をもって治せるか」「特に、当一中には県内外の秀逸が集まっている。牛や馬じゃない、一つ教えると10を悟る秀才の集まりだ。話して理解できない者は、1人もいない」「軍隊内の暴力制裁は、最も野蛮な陋習である。これも改める。分かったな」と、念を押した。

2人の将校はバツが悪く恐縮していた。

これを境に、軍事教練は非常に明るくなり、人気のある課目として、成果があがった。

牛島中佐は、翌年の春に大佐に昇進して、地元45連隊の連隊長として赴任した。

人間性豊かな大先輩であり、沖縄戦でも御立派に御奉公されたと確信する。

今も当時のことが脳裏に灼きついている。それはこのような記事であった。

7月に入ってまもなく、陸軍幼年学校の1次試験の合格発表があり、数名の合格者名が教員室前の掲示板に張られた。金川少年と並んで、菅原君の名前もあり、3人で飛び上がって喜んだ。下に、〈一カ月後の2次試験（体格検査と口頭試問）は、8月15日10時・兵事部で〉と、記されていた。

今期の幼年学校生は、内地は空襲が激しいので、京城・竜山地区に幼年学校を開設すると、囁かれていた。真偽の程は不明。

「寮生は、帰省して体力づくり」と、達しがあり、その週末、意気揚々と帰省した。運命の8月15日は、正午のニュースを兵事部で聴いた。「試験は中止」「学校に帰れ」で、トボトボと帰校すると「全員、自宅待機」で寮に戻ると、ここでも「帰省して、連絡を待て」で、その日の夜遅く、重い足を引きずって帰省した。

翌日からは、いろいろな流言が飛びかい、唯一のラジオ放送も「戦争は終わった」と言う以外は「外地の日本人は、内地に引き揚げる」だけであった。いつから引き揚げがはじまるのか、どこの港に集まるのか、肝心なことは発表されない。徐々に不安が広がった。

数日後には「日本人の農園主が襲われた」とか「駐在所が襲撃されて、武器が奪われた」とか、不穏なニュースが交錯し出した。

2日後には、裡里の「造田部隊」に召集されていた、父親が帰還した。

父は、早速、学校の引き継ぎ作業にとりかかった。他の先生方と協力して、書類の作成、整理や備品の調査、管理など、私まで手伝いに駆け回った。引き継ぎは、普通学校の教頭であった。

学校の神棚を、校庭の真ん中に古材木を積みあげて焼却した。御神影や教育勅語も一緒にして燃やした。栄光の全ては灰と化した。

家の神棚も持ちだして焼却したが、神棚には「父の遺書」もあった。何か大事なもの、これまでの最大の貴重品が全て灰になって、それを読みながら、涙が止めどなく流れた。我が家には、韓国人の「姉や」（子守り・お手伝い）が住み込んでいたが、その家族を呼んで、布団や衣服、タンスやミシン、蓄音機、ラジオ、自転車や乳母車など、家財道具一式を馬車を仕立てて運んで行った。

1週間後に、群山航空隊の警備部隊・約200名が学校に移駐して来た。武装したままで、トラックも数台持ち込んで、周辺の警備も担当して心強かった。

それから、2週間が経ち、米軍の先遣隊が木浦・麗水港に上陸して、京城に向かった。学校前の砂利道を、ジープを先頭に、数十台単位のトラック（10輪車）で、連日、北上した。

その後、数日して、米軍がジープ2台で武装解除に学校に現れた。ハワイ出身の2世の中尉が「警備上必要なら、小銃数挺を置いてゆく」と、好意的であった。

この日本軍部隊は、一カ月ほど駐留して、裡里の農林学校に移動した。我々の家族も一緒に移動して、引き揚げ列車を待機した。

当時の日本人の大多数は、植民地の統治を、総督府を通じて、一種のプリズムから観ていた。現実を客観的に観る努力が不足していた。戦争中の日本は、国家神道一色であった。当時の神道は、宗教を超えて日本国家そのものであり、異常であった。日本人自身が、その「偽善性」に気づかなかった。

韓国人は精神的な宗教観として、仏教徒として、または儒教徒として、伝統的な誇りをもっていた。その他にクリスチャンも多数存在していた。

18世紀からは、キリスト教が本格的に布教され、都市には立派な教会があり、布教も活発であった。儒教とともに庶民的な人気に支えられていた。

この点が、日本人の神道一色の独善的な思想とアミニズムやシャーマニズムの宗教観からは、大きくかけ離れていた。

史実によると、日本と韓国は「併合条約」によって併合したのである。

当時の英国やフランスやオランダがアジアで行っていた植民地支配とは異なっていた。

韓国側は総理大臣の李完用と当時、韓国内で併合条約を推進した、国民団体の「一進会」であった。

当時の朝鮮半島は、数百年に亘る中国の属国として、唐・元時代からの圧制で疲弊していた。

日清戦争後に独立したが、その後の三国干渉により、李朝はロシアと親密になり、ロシア軍を朝鮮半島に駐留させた。

西の中国、北のロシアの南進と李朝体制の無策と祖国への裏切りに、韓国最大の国民団体である「一進会」が立ち上がった。

「東方の日本に学べ」である。

近代化に成功した日本と結ぶしかない。

これが朝鮮半島の愛国者の決断だった。

然し、日本の元老・伊藤博文は「併合」には消極的であった。

日露戦争で底をついた日本の財政は、疲弊しきった朝鮮半島を抱えるには、リスクが大きすぎた。「併合」に躊躇するのは当然であった。

ハルピンで伊藤が暗殺され、国内外の世論が沸騰し、流れは一挙に「併合」に急進した。

「日韓併合」の後は、日本は「一進会」の期待に応えた。近世において、他国の為にこれ程、尽力した国家は日本だけである。

併合して36年間で、韓国は如何に成長したのか、人口・980万人が2500万人に増加した。平均寿命が24歳から48歳に伸びた。

小学校は、併合時、全国で4校であったが、併合後は一村一校を目標とした。大正13年に2500校となり、昭和11年には全村に小学校設置が完了した。また南鮮は土地改良と田園開拓に、北鮮は鉱物資源開発に重点を置き、半島全域には、港湾施設の整備と交通網の充実・重工業の殖産振興を図った。

金氏と再会した後は、済州島やソウルその他で4～5日の短い滞在で、同宿するたびに深夜まで語り明かした。

人生とは、不思議な縁と因果を感じる。全州中学でも同じ組で席も隣り同士、同じクラブで鍛えられ、幼年学校も同時受験、兄弟同様であった。六十数年を隔てても、当時の情景が甦る。

「自分は、父親の形見の『武士道』（新渡戸稲造）を大事にしている」また「百済三書（百済記・百済本記・百済新書）は王家の証だ」と言っていた。

韓国では、李大統領の評価は絶大であった。彼を誹謗することはタブーとされた。日本の支えを失った後の愛国心は、即、大統領への忠誠心に置き換えられた。然し彼は、「自分は異なる……父の仇であり、彼を好きになることはない。朴正熙が大好き」と、言っていた。

彼から、この話を聞いたとき、終戦直前の彼の言葉を思い出した。

当時の朝鮮総督の阿部信行大将の次男の信弘中尉が、印度洋のカーニコバル島洋上で英国の空母に体当たりして、戦死の公報が新聞紙上を賑わせているとき、金少年が「この戦争は敗けるよ」と、こぼしたことがあった。この頃は、誰の胸にも「特攻」と「玉砕」しかない戦争に「一抹の不安」があったのも確かであった。

彼はこのとき、短波放送で既に「ポツダム宣言」の、情報を入手していた。

私はそのとき「矢張り敗けるかな……」と、言うと、彼は「仕方ないさ、やるだけはやったじゃないか……勝敗は世の常だよ、機《とき》の運だよ……」「日本はまた立ち直るさ」と、白い歯を見せた。

私はそのとき、彼がとてつもなく偉大に見えて、返す言葉がなかった。

彼と別れたのは、8月15日午後。兵事部から中学校に帰校して「自宅待機」を告げられ、寮の前まで来て握手をして別れた。そのとき彼が「人生は長いから、また会えるよ」と……「日本は戦いに敗れても、また立ち直るよ」「朝鮮半島と日本列島は、これからも永遠に関係は続くよ」と、言った言葉が耳に残った。「わが夢敗る」途方にくれた愛国少年が有史以来の敗戦に、戸惑っている最中に……冷静な発言をする彼が……途方もない傑物に見えた。

その時点では、彼も反日家の李承晩が大統領に治まるとは夢想だにしなかったであろう。

3カ月後に、孤島での隠遁生活がはじまり、「親日家狩り」に怯えようとは予想できない。

終戦の詔勅を聴いて、途方に暮れた我らと比べて、彼の頬は心なし、紅潮しているようでもあった。

引き揚げ

裡里から引き揚げ列車に乗り、釜山港に着いたのは10月末であった。船待ちで数日間滞在しているうちに、満州や北鮮からの逃避行の人達数百人が命からがらの状態で現れた。

皆、一様に悲惨な状況だった。老人や幼子を自らの手で葬り、言語を絶する逃避行で38度線を越えて、着のみ着のままのボロを纏って辿り着き、同胞は貰い泣きした。

我々、少年の手を取って、

「何百年経ってもいい、この恨みを晴らして……ロスケの馬鹿……」と、若い母親達は、声を震わせ血相を変えて訴えた。

我々は一緒の食事を提供すると「白米の御飯は、何カ月振りだろう……」と、感謝され、喜んだ様相が今も眼底に残る。

運命のいたずらとはいえ、僅か300キロの南北の差で、地獄を見た人達には、同胞として申し訳なく思い、周囲の人達と、着替えや食品等を融通し合って、大変感謝され、涙を流してお互いに喜んだ情景が焼きついている。

ソ連邦の悪虐非道は特筆しなければならない。相手国が衰頽してくると、不可侵条約もかなぐり捨て、鬼と化して襲いかかる。

明治時代の日露戦争当時の武士道も騎士道もなく、非戦闘員の婦女子を暴行し、掠奪・強盗・放火と勝手放題の悪逆の限りを尽くした。

日露戦争時のロ軍捕虜数万人に対して、日本は客人として厚遇したが、今大戦では、ソ連は非戦闘員まで、奴隷として酷使した。開拓団の青年男子数万人は、関東軍の兵士とともに、酷寒のツンドラ地域の開発に、六十数万人が国際法を無視して拉致され、シベリヤに拘置されたのである。

数年間、劣悪な環境と、非人道的な扱いの収容所生活で、十数万の同胞が再び故国の土を踏めなかった。

このような非人道的行為、しかも国家間の関係では、戦争状態にあろうと、非常事態であろうと国際司法の場において、何時の日か、白日のもとに裁きを得て、謝罪と応分の賠償の裁量を得たい。

この非人道的行為については、米国の原爆投下も然りである。戦争犯罪である。

（非戦闘員に対する大量虐殺の罪である）

それが近代文明国家の責務である。

釜山には、1週間逗留したが、広い桟橋の倉庫群の一角で、100名単位の引揚者達がそれぞれ協力しながら、整然と生活した。

現地の韓国人が、野菜や果物や鮮魚類を、リヤカーに積んで商売に訪れ、種々の情報も提供してくれた。

中国も上海から、引揚船が出航したとか、満州でも引揚者が葫蘆島に集結中であるとか、関東軍はシベリヤに逆送中とか……。

戦争犯罪者の摘発が、はじまったとか……。

軍事裁判が、はじまるとか……。

引揚者の中から「発疹チフス」が発見されたと、米軍の防疫班が「ＤＤＴ」で消毒をはじめた。

一方、青年達はドラム缶で、即製の「風呂」を造って、昼間から交替で汗を流した。

暇を持て余して、岸壁で魚釣りをしたり、数名で舟を借りて、沖釣りをして、米軍の警備艇とトラブルを起こして、拘留される者も出る始末であった。

また、一部の資産家達は闇船を仕立てて夜闇に紛れて、近隣の漁港から内地に向かったとの噂が流れていた。

復員の部隊に対しては、米軍が厳しく統制していたが、一般の邦人の引揚者に対しては寛大で、子供達にはキャンデー等を振る舞ったり、球技をしたり友好的であった。その他、産婦や老人の世話も、日本人看護婦とともに、救護所や病院に搬送したり、昼夜の別なく、活動していた。

何しろ、数十万人の邦人が、中国・満州・朝鮮半島から、釜山港に集中していたのである。博多・門司・仙崎港の3方面に輸送していたが、この当時は、米軍の敷設した「機雷」が、海峡に漂い、これの除去に手間取っていた。鎮海湾の日本海軍の掃海艇が、連日、掃海任務に奔走していたが、遅々として進んでいなかった。

５００屯以上の船舶が、触雷して被害が出たと報じられていた。

密航船や闇船で故国に向かう人達も多数見聞きしていたが、成功の確率は6～7割と伝えられていて、危険と隣り合わせであった。

玄海灘の海象・気象は、予想以上に厳しかった。１００屯未満の舟には、魔の海だった。

遭難して全滅した家族や、人命は助かったが家財の全てを失った人達の噂を耳にしたのもこの頃であった。

渡航料は1船当たり、1万円とか3万円とか種々の噂が流れていた。

全州中学の我々の担任の河西先生も、麗水から闇船で、長崎に向かったが、五島沖で転覆して、家族4人と家財の全てを失い、本人だけが漁船に救助された。郷里の山梨に帰郷後は、家族の菩提を弔うために仏門に入った。今も、失った家族の供養を続けていると、聞いたのは1998年の秋であった。

人生「一寸先は闇」だが、幸・不幸の現実の厳しさに慄然とした。

乗船した船は「興安丸」だった。終戦直前に米潜の雷撃を受けて、左に少々傾いて塗装も禿げていたが、1万屯余の大型船で、8000余名の乗客を乗せてスシ詰めであった。

目覚めると仙崎港で引揚者全員、涙が溢れ流れ、懐かしい祖国の緑を飽かず眺めた。

列車も鈴なりだったが、一応、客車だった。

朝鮮の鉄道は広軌車両で、一回り大きく豪華だったので、内地の鉄道の貧弱さに啞然とし、肌寒さを感じた。

植民地経営のしわ寄せが、日本内地に影響したのかと戸惑い、格差に驚いた。

九州に入ると、主要都市の大半が一面の焼け野原になっており、空襲の激しさに、今更ながら戦争の現実を思い知らされた。

西南端の終着駅の鹿児島は、数度に亘る艦載機の波状攻撃で、完全に破壊・焼失させられて、見渡す限りの焼け野原であった。

駅前にバラック宿を見付けて、1泊の後、馬車を仕立てて5里の道を田舎に向かった。

朝鮮戦争

朝鮮戦争に戻る。

38度線・南部の道路上には勿論、京城近郊の主要道路上にも、戦端が開かれて24時間経っても、戦車壕一つ準備されず、橋梁に爆薬も仕掛けられていなかった。

北鮮軍の戦車に対抗する手段を講じたなら、随分と違った戦局を演出することも可能であった。「T－34戦車を先頭に南下中」の報告があっても、陸本は実戦に役立つ方策を的確に指導した形跡がない。不思議だ。

議政府の前線視察で全面侵攻を実感した蔡参謀総長は、首都警備の第3・第18連隊を、議政府の第七師団に増援させ、南部の三コ師団のソウル集結を命じた。

この時点での作戦指導は作戦参謀副長の金白一大佐で，他の幕僚と没頭していた。

南部の智異山のゲリラ討伐で功績はあったが、実戦の経験は乏しかった。蔡総長は、大統領や国会報告それに米軍との折衝に忙殺されていた。

国民に向けての公式報道は、6月25日の11時であった。国防部政訓局長・李根大佐の戦況発表で、

「本日、午前4時に北鮮軍は38度線全域で不法侵入を開始した。甕津・開城・長端・議政府・東豆川・春川・江陵等の全線と東海岸でも上陸中、韓国軍は全地域で邀撃中である。全国民は軍を信じて、軍の作戦に積極的に協力するよう望む。北の謀略や流言蜚語に惑わされることなく軍に協力するよう願う」というもので、京郷新聞は号外で発表した。戦争突入当初は国民の大半は、不安や心配の気配はなかった。いつもの小競り合いぐらいにしか捉えていなかったのである。

然し、戦闘は全戦で総崩れの状態であった。戦争3日目の27日の戦況は、第一師団は、奉日川線で必死の応戦を続けているが、死傷者が激増して、兵力は1／3に、弾薬等の補給は風前の灯であった。

他方、議政府地区は劉戴興准将の新司令官のもとで、倉洞線の戦線を整理中で撤収時機を考慮中であった。

政府は遷都を決定し、李大統領は僅かな側近を伴って、京城を既に離れていた。陸軍本部も始興に撤収をはじめた。同時にソウル市民も一部は避難を開始した。

27日の夕刻には、奉日川線の第一師団正面は、素早く再編成を終えて、北鮮軍二コ

師団の猛攻に耐えて、北鮮軍のT—34戦車・数両を肉弾戦で破壊し、善戦していたが、肝心の倉洞線が突破されてしまった。残るは彌阿里の防御線のみとなった。

駐韓米国大使ムチオは、韓国の援助要請を受けて快諾し、国務省へ至急10日分の緊急補給を依頼した。

10日分の弾薬と燃料補給で、北鮮軍を阻止できると、判断していたのだ。東京のマッカーサー司令部は直ちに認可して、弾薬運搬船・第1便は27日の深夜に横浜を出航していた。

韓国に在留中の米国人は、25日夕刻から引き揚げをはじめた。米軍顧問団のライト大佐は、顧問団の日本への引き揚げを命じた。

議政府の失陥で、申国防長官は国防会議を招集した。三軍の長、陸軍参謀総長・蔡秉徳少将、空軍参謀総長金貞烈准将、海軍参謀総長・金永哲大佐、他に陸軍参謀副長・金白一大佐の首脳であった。

会議は1時間余りで終わった。蔡参謀総長は、精根が尽き果てた状態となり、既に戦局は最終局面で、予備戦力は零であった。

米軍が約束したのは10日分の弾薬補給である。その後の保障はない。米軍が直接戦闘に参加しない限り、事態は絶望的なのだ。陸軍は主力部隊を失っても、ゲリラ戦で最後まで戦う。海空軍は陸軍に協力して欲しい。最終段階で亡命政府要人の輸送を担当すること、行き先は日本だ。

中長官の顔は蠟のようであった。

その他に、ソウルを放棄する際、150万市民の避難方法等、国民総動員態勢は、どうするのか、最終防衛線は何処にするのか、最重要課題には一切、触れていない。

このとき北鮮軍は3方向からソウルに迫っていた。北軍第一・第六師団は奉日川線で、陣容を立て直した韓第一師団に猛攻中であったが攻めあぐんでいた。

北軍第三・第四師団は、韓第一師団後方・泰陵の攻撃と倉洞線の突破を図っていた。西部では、金浦半島・北端を渡河して、北鮮軍の先遣隊は、ソウルの背後迂回を模索して、退路遮断を企図していたのだ。

韓空軍部隊の金浦撤収は、金貞烈総長の陣頭指揮で、空港備蓄の100オクタン価のガソリン1000ドラム缶を永登浦に搬出して、列車で大邱・大田・水原に分散移送し、汝矣島基地の空軍士官学校長・崔用徳准将と基地司令官・張徳昌大佐に、当座の軍資金を与え、大邱基地での再編成を指示した。

空軍の奮戦

28日には、金浦空港周辺に北鮮軍の前衛が出没しはじめ、金総長はT―6機・9機を指揮して、水原に飛び立って行った。

このときの韓国軍の補給の状態は、最悪で前線部隊には、3日間で1名当たり、乾パン5食分であった。この窮情を知った、龍山の兵站学校長・白善鎮中佐は、ソウル市内の米穀屋の米穀を集結させて、愛国婦人会を動員して、2日で5万食の「握り飯」を、徴用した車両で、連日、前線部隊に配送した。

韓国空軍は、開戦当時、連絡機9機のみであった。戦闘機の保有を米軍は認めなかった。開戦2日目、26日に10名の熟練搭乗員（旧日本軍の経験者）を板付に派遣した。F―51ムスタングは初めてで、慣熟飛行が必要であったが、九州は梅雨の真っ最中で飛行不能であった。7月2日に晴れ間が出た。各人1回ずつの離着陸訓練を済ませると、米軍が止めるのを振り切って、大邱に飛んだ。途中、日本海で慣熟訓練を行った。

飛行団長・李根晳大佐（日本名・青木准尉・南方で撃墜王）は、基地に到着すると、直ちに「出撃させろ」と強硬に具申した。

敗走癖のついた陸軍を鼓舞するには「太極旗」を標した、友軍機の奮戦を観せるのが一番と、強硬に主張した。

金総長も根負けして、今日1日を訓練日とすることを条件に、明7月3日からの出撃を許可した。

空軍の歴史を飾る「作命第25号であった」7月3日は、早朝からF—51・10機が3機編隊で飛び立ち、暴れ回った。

漢江の両側で、北鮮軍の戦車隊と車両部隊に猛爆を加え大混乱に陥れ、敗走させた。また撤退中の韓軍に追尾する北鮮軍を発見して、猛攻を加え、数千名に打撃を与えた。

翌7月4日は、安養上空で、北鮮軍のヤク型4機と遭遇戦となり、1機を撃墜した。その後、南下中の数十両の戦車隊を捕捉、攻撃し、大打撃を与え、立ち往生させた。この戦闘で、李隊長は、極度の超低空飛行での攻撃で、戦車の対空機銃に撃たれ自爆してしまった。准将に累進したが、惜しい人材を失った。しかし、彼の勇戦は、崩壊寸前であった陸軍を立ち直らせた。陸軍の精神的な復活は、計り知れないし、彼なりに名誉の戦死であった。

大東亜戦争を戦い抜き、南方戦線で「隼」を駈って、P38やP51・40数機を撃墜して生還した勇者が、出撃2日目で散ったことは、かえすがえすも残念至極である。

韓国は、空軍の直接支援で、時間的な余裕を得て、遅滞陣地を軍浦場・東西の線に、第16連隊・第5連隊の一部と歩校連隊の一コ大隊を増援して邀撃態勢を整えた。

安養付近の北鮮軍戦車隊が南下を再開したのは夕刻であった。空軍の攻撃で、半日を遅滞したこととなった。北鮮軍戦車隊が軍浦場の隘路に侵入するのを見計らって、韓軍は一斉射を試みたが、効果はなかった。

第4章

無策の防御戦

戦車隊は悠々と本道上を突破した。防御手段は夜闇に乗じて奇襲する肉薄攻撃しかなかった。韓軍が一斉に後退をはじめると、今度は米空軍が韓軍を襲った。災難は重なる。米空軍は参戦以来、誤爆続きであった。陸軍本部は漢江以北地区だけの攻撃を要請したが、米軍パイロットは漢江と錦江を間違え、韓軍への誤爆が頻発していた。他国軍との連合作戦が、如何に困難であるかの好例である。地上部隊との連絡手段もない状態での協同作戦は無謀であった。

韓軍は第3～第5の防御線にも踏み止まれなくなっていた。

北鮮軍第二師団は龍仁に迫り、第十五師団は驪《れい》州を攻略して、水原を二重に包囲する気配を示していたが、韓軍に策はなかった。

韓軍の丁参謀総長は安養から水原の間に、5段階の遅滞陣地を構築したが、現実は厳しかった。軍浦場を突破した北鮮軍は、一挙に水原に迫っていたのである。この時点で、韓軍には組織だった反撃可能な師団は存在していなかった。

米軍、先遣隊のスミス支隊が7月2日に大田に到着し、3日に平沢～安城の線に進出した。また、佐世保から米軍、第34連隊の主力が釜山に到着して、北上中との連絡が届いていたが、兵力、装備等は不明だった。

韓国、中部の最狭部、平沢～安城～忠州～蔚《うる》珍の防御戦を構築する最善策を模索しながら、陸本は兵力の集結を急いでいた。

米軍の増援部隊の到着を待ち、韓軍、主力を再建して、京釜道、以東地区で防御戦闘を効果的に発揮して、攻勢転換が図られるよう企図したが、調整に手間どり進展しない。

7月4日午後、陸本は平沢目指して移動中、烏山付近で、米空軍のF―80ジェット機から突然攻撃を受けた。補給物資を満載した貨物列車が平沢駅で攻撃された。米軍機による誤爆は続発して士気に悪影響した。水原城内には、工兵隊の一部が対戦車地雷20個を北門一帯に敷設した。

この地雷が北鮮軍の戦車数両を擱《かく》挫したことが数日後に判明した。開戦前に米軍が地雷数千個を韓軍に供与していたならと悔やまれた地雷の敷設効果であった。

一方、大激戦の末、甕津半島から撤退した第17連隊長白仁燁大佐が、永登浦で副長金熙濬中佐の一コ大隊と合流し、大田に後退した。丁総長からの指示は、米軍の先遣隊、スミス支隊の道案内を依頼された。

白連隊長は、平沢でスミス隊を振威川南岸の西井里に配置した。

スミス支隊は翌3日朝、平沢駅に着いた。連隊規模と思っていた兵力は300名余りの歩兵で、二コ中隊の編成であった。白大佐は、この小部隊では何も出来ないことを悟った。

スミス中佐は挨拶もせずに戦況を尋ねたが、北鮮軍を馬鹿にして、それに破れた韓軍を嘲笑しているようであった。

スミス支隊は、平沢北側の丘に、横一線で陣地を配置した。対戦車障害は何もなく、無視である。白大佐は不安のまま振武川の陣地に引き揚げざるを得なかった。

この線は翌日、米軍第34連隊、第1大隊のアイレス中佐が、北鮮軍に鎧袖一触、蹴散らされてしまう。白大佐の不安に、アイレス中佐も大丈夫を繰り返すだけだった。

白大佐はこの日の午後、豪州空軍のF-51、9機の波状攻撃を受け、右足に重傷を負い大邱に後送された。

スミス支隊は7月5日に烏山の丘陵で緒戦《ちょせん》を交えたが、案じたとおり戦車隊に突破された後、歩兵に包囲されて壊滅した。

後方で掩護した韓第17連隊は、砲兵の全火力で直接支援したが、36両のT—34戦車を撃破することはかなわなかった。

然し、振威川の線で北鮮軍の南進を止めたのは、第17連隊の奮戦で、肉薄攻撃である。せめて錦江の防御線で、北鮮軍を阻止できたなら、韓国民にあれほどの戦禍と犠牲を強いることはなかったのである。

この当時の米軍は「敵を知らず、己れも知らなかった。「自尊心が傲慢となり、敵の戦力も的確に評価せず」「油断と高慢が自己の過大評価」につながっていた。当時は一事が万事全てが我が儘で一人よがりの米軍であった。

米軍の参戦によって、戦争の様相が時間との戦いになったことが現実となった。

北鮮軍の南進を何処で阻止できるか、それに耐えられる十分な兵力を何処で派兵可能なのか、その時間を如何に稼ぐかが争われることとなった。これまでは平沢~安城線を設定したが、突破されると洛東江の線以外には見あたらない。北鮮軍が一直線に釜山まで突入するか、洛東江の線で米軍、主力の来援が間に合うのか、時間との争いであった。

韓軍も基本的には、米軍と同様であった。

しかも米軍とは比較にならない程、深刻な問題を抱えていた。それは崩壊した軍主力の再編成であり、出直すための時間が必要であった。同時に米軍の戦闘参加の支援、援護の義務があった。

しかも後退することは、国土と国民を敵手に任せることで、韓軍の兵士にとっては耐え難い苦痛であった。撤退作戦も米軍と韓軍との退《さが》り方について、自ずから異なっていた。

北鮮軍がいつから、時間との競争を意識したかは判然としないが、金日成が平壌放送で米軍介入を放送したのが7月8日であった。

北鮮軍も7月中旬には、予備兵力の全てを投入して、力攻を繰り返し督戦を強いていた。韓軍は時間の延長作戦であり、北鮮軍は時間短縮作戦であった。

7月4日、水原の陥落が迫った頃には、全戦線で急激な変化が見られた。諸情報から判断すると、驪州を経て南下した北鮮軍の主力は、水原、東南60キロの長湖院里を制圧し、別働隊も水原、東37キロの利川を南下中であった。長湖院里に侵入した北鮮軍が、陰城を制圧すると、丁総長とチャーチ准将が協定した「平沢〜安城〜忠州〜蔚珍の防衛戦、構想」が崩壊する。陰城が陥落すると、忠州も清州も危機に陥る。阻止策はない。

現状では韓軍には算《さん》を乱して敗走する部隊はあっても、組織され重火器を装備した部隊は皆無であった。重火器と砲の大半それに車両の大半はソウル以北、漢江の北岸に放置されたままであったのだ。数日間の余裕があれば、崩壊した韓軍主力の再編成が可能であるが、現状では時間的な余裕が全くなかった。

丁総長が水原に着任したとき、水原と忠州の間には90キロの空間（無防備）があり危険であった。7月3日に第六師団に警戒配備を命じたが、北鮮軍もこの間隙を察知して進入を企図していたのである。

7月4日には、米軍、第34連隊が安城～平沢の線に進出して、確保する予定であった。信義上からも相互の信頼感からも、安城～忠州の防衛線を確保して、韓軍主力の再編成の時間を稼ぎたかった。

丁総長は決心して果断に命令した。

1、第八師団は、主力で忠州を、一部をもって、堤川を確保せよ。

2、第六師団は、主力で安城～陰城の線を確保し、一部をもって第八師団の忠州への転進を援護せよ。

3、軍主力の再編成は、別途に指示する。

丁総長が、7月4日14時に下命した最初の軍命令であった。

第六師団長金鐘五大佐は、忠州で再編した第7連隊を陰城に急派し、第2連隊主力を忠州に残して第八師団の転進を掩護させた。金師団長が、第7連隊長林富澤中佐に与えた任務は、「速やかに、陰城に進出して、敵を無極里付近で阻止し、可能ならば長湖院里を奪回せよ」であった。

林連隊長は、第2大隊長、金鍾洙少佐を同楽里（陰城北方8キロ）に先遣して、主力の陰城進出を掩護した。連隊は春川で車両化していたので行動は敏速であった。

夜間行動を命じた林連隊長は、第2大隊を先鋒として長湖院里に向かった。このとき北鮮軍の動静が不明であった。奇襲攻撃を用心しながら慎重な行動に終始した。

夜半になって、戦車の轟音が響いてきた。

同楽里西方2キロの毛陶院付近であった。待ち伏せ態勢を整えた金大隊は至近距離での奇襲で猛射を浴びせた。慌てた北鮮軍は装甲車一両とトラック5両を放棄し、数十の遺棄死体と負傷兵を残置して敗走した。

この敵は北鮮軍第十五師団・第48連隊で緒戦であったという。

北鮮会寧で編成されたソ軍の最新鋭兵器で装備された新鋭師団で師団長は、ソ軍大尉の朴成哲少将であった。彼は15年後に北朝鮮の首相。

翌7月5日、韓軍第7連隊は第3大隊で毛陶院を、第1大隊で所余里（陰城、西4キロ）の油峴峠を確保し、第2大隊は予備として陰城に待機した。

午後になって北鮮軍第49連隊の主力が、韓軍第1大隊の油峴峠の正面を攻撃してきた。金龍培大隊長は、敵を至近距離に引きつけ、一斉射撃を浴びせ大損害を与えて敗走させた。

この頃、烏山では米軍スミス支隊が北鮮軍の戦車隊に中央突破され崩壊していた。5日夜に、第六師団は、忠州から曾坪（清州、北北東17キロ）に移動した。安城～利川に前進中の第19連隊は、鎮川を経て馬積里に進出して、安城東側地区に布陣し、陣地構築を完了した。

この時点で、第六師団は、成歓（第2連隊、第2大隊）～馬積里（第19連隊）～陰城（第7連隊）～忠州（第2連隊、主力）と、70キロの正面に展開して、米軍第34連隊の右翼を防御するとともに、成歓～曾坪周辺で再編成中の軍主力、韓第一軍団の掩護に成功しつつあった。

戦場では錯誤が多い。また謀略もある。提川から忠州に転進を命じられた第八師団の行動は、錯誤より危機が当たっていた。

韓第八師団は7月2日午後、提川に後退した。第21連隊金容培大佐に寧越を警戒させ、第10連隊高根弘中佐には、神林里峠に布陣させた。

対峙した北鮮軍第八師団・呉白龍少将は、原州から平昌に南下して一部は寧越方面に迂回した。また、一部で神林里の韓第10連隊を攻撃しはじめた。

韓李成佳第八師団長は第21連隊の一コ大隊を、第10連隊に増援して反撃させた。原州の奪回作戦である。全般の状況不明の中であったが、士気は極めて旺盛であった。然し、北鮮軍の反撃も厳しく膠着状態が続いていた。

翌日、第10連隊は江原、慶北の道境、山地に後退して、北鮮軍の南下阻止に努めたが、夜になって左翼の第3中隊が、無断で退却してしまった。これに憤慨した高根弘連隊長は、2人の小隊長を即決、銃殺した。然し、連隊の防御線は次第に崩壊していった。

師団長は第21連隊で増援し、提川の外郭地域を確保して、第10連隊を立て直した。このとき、問題の命令が飛び込んだ。

突然、忠州の第六師団長・金鐘五大佐から「第八師団は速やかに忠州に移動せよ」と伝えてきた。しかも民間の電話利用であった。第八師団が忠州に移動すると、提川〜丹陽〜安東〜永川の中央線沿線ががら空きで、敵は直ちに大邱に突入可能となる。

李師団長は「この命令は敵の謀略だ」と断じて無視すると、ジープに飛び乗って大田の陸本に急行した。陸本は、丁度、移動中であったが、翌日の夕刻に到着した。

道庁に着くと、挨拶もそこそこに、中国防長官・三軍総司令官の丁少将、補佐官の黄憲親大佐に撤退命令をただしたが、誰も知らないとのことであった。

従来どおり「中央線沿いに作戦して、天下の峡《けん》竹嶺峠で、最大限の持久戦を行う」と、所信を伝え、同意を得た。帰途は、連絡機を用意してくれた。李師団長が丹陽に到着したのは、6日の夕刻となった。北鮮軍も丹陽に迫りつつあった。

一方、7月4日平沢付近に集結した韓軍の首都、第一・第二・第三・第五・第七の六コ師団に属した将兵は、殆ど装備を失っていた。師団とは名ばかりであった。平沢に集まって来た将兵は、この数日で4万5000名程度であった。装備は重火器の全てと小火器も70%が失われていた。これは致命的な痛手であった。

参謀総長に就任して、4日目の丁総長が直面した現実は悲惨であった。戦局は一刻の猶予も許さない。勝ち誇った北鮮軍は、韓国全土を怒涛の勢いで押し流していた。丁総長は果断に決心して、六コ師団を三コ師団に再編し、一コ軍団に統合した。京釜沿線沿いに撤退しながら米軍からの火器、装備全体の供与を受けつつ戦力の回復を図るためである。

7月5日、0時に軍団の主要人事を発令した。第一軍団司令部（金弘壹、少将、幕僚は始興、戦闘司令部要員）

首都師団（李俊植准将、第1・8・18連隊）

第一師団（白善燁大佐、第11・12・13連隊）
第二師団（李翰林大佐、第16・20連隊）
陸本・予備隊・第17連隊
第五・七師団は解散して前記師団に吸収。
第五師団長李應俊少将は全南司令官。
蔡秉徳少将は、慶南司令官として治安と防衛、動員業務等。
第七師団長劉戴興准将は、第一軍団副軍団長に任命された。
第一軍団長は、各師団の再編成地区を定めた。首都師団、成歓～天安地区。
第一師団・曾坪（清州、東北）地区。
第二師団・曾坪清州地区。

各師団は5日未明から再編地区に南下して、途中の将兵を逐次吸収して増員した。途中に滞って再編成する余裕もなければ、分散している諸隊を集結させる通信手段もなかった。黙々と後退しながら集まって来る将兵を再編成し、夕刻になると農協から主食を受領して、学校や公民館で一夜を明かした。

数名に一挺の銃と少量の弾薬では「敵と遭遇したら」と思っただけで、淋しい限り。一刻も早い装備の充足が望まれた。規律だけは保たれていた。

曾坪に到着して、金第六師団長に再会して、状況が明らかになり、しかも装備、補給品の一部を譲渡してもらって一息ついた。

翌日には隣接の第八師団が平昌を経て後退中という連絡があり、続いて梨花嶺の線で防御線を確保したと知らせてきた。

現在、陰城は林富澤第7連隊が、忠州は咸炳善第2連隊が防御線を堅持して、北鮮軍第二・十五師団と激戦中とあった。

2日後に第八師団司令部で、林富澤、中佐にも会ったが、彼の連隊は殆ど無傷で北鮮軍の二コ師団に痛撃を与えたと意気軒昂であった。頼り甲斐のある師団であった。

第一師団長白善燁大佐が陰城正面の状況を把握したのはこの時機であった。師団が徒歩で後退中に次の部隊編成を行った。

第11連隊（権東賛中佐）～陸士生徒隊、歩兵教導隊を主力、実員二コ大隊。

第12連隊（金點坤中佐）実員一コ大隊。

第13連隊（崔栄喜大佐）第15連隊を合併して、実員3コ大隊。

第13連隊の再編については、作戦主任の崔大明少佐が中心となった。水原で米軍の誤爆で金益烈連隊長は重傷を負い、副連隊長は戦死。先任の金振暐少佐が代理で、部隊を平沢に後退させた後、列車で鳥致院に着き、徒歩で清州を経て曾坪に到着した。

その後、第15連隊と第20連隊の一部を吸収して戦力を回復した。連隊長には第15連隊長崔栄喜大佐が任じられた。

実員だけは揃ったが装備、補給が不十分で、単なる小銃連隊に過ぎなかった。然し、士気だけは高かった。愛国心は漲っており、前途が期待できた。このようにして、第一軍団の編成の間、直接掩護したのは、第六師団であった。

7月5日、夕刻、曾坪戦線を立て直した第六師団長金鐘五大佐は、無極里の奪還を決意して、第7連隊に砲兵隊の支援で明6日未明の逆襲を下令した。

無極里は鎮川、曾坪、陰城、忠州に通ずる国道の分岐点であり、無極里を確保できれば平沢、安城、馬積里の戦線にも好影響がでる。反撃、攻勢しなければ持久は不可能であり、決死の選択であった。

第7連隊は、第1大隊を白也里から、第2大隊で加葉山（710メートル）北側の644高地から、第3大隊で同楽里から一斉攻撃を開始した。

この攻撃は、北鮮軍第十五師団の機先《きせん》を制した攻撃となり、韓第1大隊は、11時には無極里の奪還に成功し、多数の武器、弾薬を捕獲した。午後3時には、北側2キロに進出して陣地を確保した。

然し、同楽院の正面から攻撃した第3大隊はまもなく圧倒的に優勢な敵の総攻撃に暴《さら》され、夕刻になって撤退命令に従い龍院里に撤収した。火力の差が歴然としていた。砲兵力の差に涙を飲んだ。

翌未明までに全部隊とも元の陣地に後退した。

7月6日は、平沢の米軍第34連隊、第1大隊（アイレス中佐）が、北鮮軍の一撃で壊滅した日であった。

デーン少将が期待した平沢〜安城の防御線の崩壊の日である。

韓第六師団第19連隊は、鎮川北側で、北鮮軍第二師団の南下を懸命に阻止していた。韓第2連隊も忠州の防御線を確保している。第六師団は、7月4日からの危機に対して陸本の期待に応えていた。

金鐘五師団長は、「敗けたことがないのに後退命令ばかりがきて戸惑った」と不満だった。この師団の善戦健闘は抜群である。

これは陣地に二重の戦車壕を構築したのと、随所にタコ壺を配置して北鮮軍を悩ませた。

編成を完結した第一軍団は、画期的な作戦命令を下達した。攻勢移転、命令である。

陸軍本部、作戦命令第23号（大田）

1、第一軍団は成歓地区に、第六師団は忠川に、第八師団は提州地区に集結して、連合軍は平沢に進出して、強固な防御戦を構築する。敵は烏山～西井里及び利川～長湖院線に進出中である。

2、軍主力は攻勢に転移する。

軍団及び各師団の戦闘地境を次に示す。

連合軍と第一軍団～平沢東側から金良場東側を経て、漢江南岸に至る線。

第一軍団と第六師団～長湖院里東方から洪川西南方に至る線とする。

7月6日17時。参謀総長丁一権。ディーン少将が、北鮮軍戦車がT―34と確認してマッカーサーに対応を要請したのは、7月8日で、この日、米軍第3大隊が壊滅した。

予備役に編入されていた金錫源准将が、李大統領の指示で首都師団長に復帰した。当時、北鮮軍が最も恐れていた人事と言う。旧日本軍時代に恩恵を受けた後輩達が競って、金将軍の傘下に集合した。

白師団長が、第五師団の作戦部長文亨泰中佐にも念のために問うと、「確かに昔、金将軍にはお世話になりました。立派な人格には尊敬してますが、金将軍は、古い型の将軍です。日露戦争型では、現代戦には通用しません。私は日本軍として、ニューギニアで米豪軍と何回も激戦を繰り返して、近代戦には習熟しております。白師団長の元で必ず成果を挙げてみせます」と断言した。彼は後に大将に累進した人だけに慧眼であった。

戦後、白将軍は次のように述べている。

「文亨泰氏は、誠実な方で、作戦案は常に堅実であり、確実に実行する人で、常に最前線で指導していた。また自分の案に固執することなく、決定されれば他の案でも積極的に全力を投入して、作戦の神様であった」と絶賛した。

軍命令に従って、第一軍団・第一師団は、陰城に、首都師団は鎮川に展開した。編成未完の第二師団は、予備として控置し、機をみて攻勢に転ずる構えをとった。軍団の勢力は、第一師団が、5500名、首都師団が4800名程度であった。

従って、第一師団の任務は、「陰城を確保して、敵の攻撃を撃破する」であり、首都師団は、「鎮川に南下中の敵を撃破し、最悪の場合でも鎮川北側を確保する」である。

第一師団は直ちに陰城に急進中であり、首都師団は一部を鎮川に派遣し、主力で清州北側で陣地を構築中であった。

第六師団は第一軍団の展開に伴って、逐次、忠州方面の防御戦に復帰した。

ここで、北鮮軍の勢力及び作戦方針を考察する。北鮮軍も着々と増強される米軍兵力に最大の関心があった。北鮮軍も前線司令部を新設して、予備の第八・十三・十五師団を中部戦線に投入して、中央突破を図っていた。
前線総司令部の首脳は、次のとおり。
総司令官、金策大将（ソ軍、中佐）
政治委員、金一中将（ソ軍、大尉）
参謀長、姜健中将（ソ軍、大尉）
北鮮軍は、7月6日までに陰城〜忠州北方に進出して、第二次作戦を終了した。
北鮮軍最高司令部は、韓軍に防御線を構築する余裕を与えず強力な打撃を与えて、錦江から小白山脈を速やかに突破して、大田地区と小白山脈の線で、韓軍主力を包囲殲滅する。また、論山、全州、聞慶地域と蔚珍その南部地域を解放する。第3次作戦の基本方針も決定した。
金日成の彼等にかける期待が伺えた。
北鮮軍も必死の形相であった。曲がりなりにも戦線を立て直した米韓軍と、釜山への突入を図る北鮮軍とのデッドヒートがはじまった。
米軍第二十四師団は、逐次到着した兵力を順次、前線に投入した。第21連隊を車嶺山脈に投入して数条の防御戦を構築させたが、北鮮軍の進撃が速く、翌8日に天安を、9日には全義を失い、その後10日から12日にかけて車嶺山脈を突破されてしまい、錦江の線に後退した。米軍は、兵力の逐次投入が各個撃破される結果となった。また、対戦車手段を欠いており、準備不足が露呈した。

米軍の介入

7月13日に、在韓米軍に指揮権が委譲された。第八軍司令官、ウオルトン・ウオーカー中将は、作命第1号で、「錦江～小白山脈の線の堅守」を図る命令を下達した。第六師団主力が原州から忠州に撤収が終わったのは7月2日であった。師団は、第2・19連隊を漢江南岸に並列し、北鮮軍を待った。然し、敵も損害が多く北鮮軍第七師団は、師団長が更迭され、新編の第八師団が超越して南下して来た。

この間に韓軍は立ち直った。第六師団の春川や洪川における善戦が、計り知れない貢献をしたことになった。

7月3日から5日にかけて、韓第六師団が陰城以西に、転進した後、忠州には、第2連隊（第1・第2大隊）だけが残された。

咸炳善連隊長は、第3大隊を漢江、突出部に配置して忠州橋を中心に防御した。

この辺りは、河幅300メートル、前後から500メートル余りと変化が大きく、水量も多く、舟も盛んに往来していた。

7月7日、北鮮軍は昼前に、第3大隊正面で渡河を開始した。川船を利用しての渡河で、準備万端の第3大隊は、敵を引きつけて一斉射撃を浴びせ、3度撃退し大損害を与えた。一方、成歓では、米軍第34連隊の天安への撤退を掩護した第1・2大隊が任務を終え、夕刻、忠州に復帰した。

咸連隊長は第1大隊を弾琴台に、第2大隊を達川の左岸高地に配置して、驪州に通じる国道の警戒を固めた。

7月8日の早朝、濃霧の中を、北鮮軍第十二師団は、熾烈な火力支援のもとで、渡河を開始した。同時に驪州を経て南進した北鮮軍第一師団は戦車隊を先頭に、第2大隊正面に圧力をかけてきた。

北鮮軍の作戦経過を見ると、忠州の防御力と漢江の障害を過大に評価していた。二コ師団の挟撃で、中央線の突破を計ったのだ。

咸炳連隊長の、兵力を過大に見せての欺瞞作戦が功を奏していたのである。北鮮軍が忠州の攻略準備に手間取ったことが、韓国にとって幸運であった。

第2連隊の各隊も良く奮戦、善戦を続けていたが、衆寡敵《しゅうかてき》せず第3大隊が包囲されたが、夜闇《やいん》に乗じて辛うじて脱出した。

咸連隊長は、第1大隊を達川の隘路口に退《さ》げ主力の収容を掩護《えんご》させて第2、3大隊を逐次、水安堡（忠州、南15キロ）に後退させ防御線を構築した。

第2大隊は水安堡、北側の積抱山（699メートル）から326高地に陣地を確保し、敵の南下を待ち伏せさせた。北鮮軍第一・第十二師団は、ともに忠州で再編成と補給に手間取った。韓軍、第2連隊の善戦の成果であり、北鮮軍の進撃速度が鈍りつつあった。

逆に咸連隊長は余勢をかって忠州の奪還を企図した。敵が峡谷道を南進するのを最挟部で阻止、撃破した後、反撃に出た。

7月9日の早朝、北鮮軍は戦車を先頭に、第一師団主力が突入して来た。これに対して一斉射撃を浴びせ、後退する敵に追尾して5キロ余り奪還した。

まもなく水回里付近で、北鮮軍の反撃を受け戦線は膠着状態となった。午後からは3時間に亘る砲撃戦の後、白兵戦となり、両軍に多大の損害が出た。

夕刻になって、咸連隊長は弾薬が乏しくなり、折りからの雨を利用して負傷兵とともに後退した。2時間後には4キロ後方の花泉里、高地一帯に布陣し、弾薬等の補給を待った。

北鮮軍も大損害を出し追撃の余裕はなかった。翌10日未明には第19連隊主力が、槐山から増援に駆けつけ左翼線に布陣して態勢を整えた。第六師団主力は、午後には忠州南部地区に転進を終えた。北鮮軍第一師団が水安堡に入ったのは11日の午後であった。咸連隊の反撃が、北鮮軍の南下を2日間遅らせたことになった。

この頃の韓国、東海岸の戦況について、韓第三師団長劉升烈大佐は、司令部を盈徳において、寧海北方の作戦を指導中であった。7月10日、病気が悪化して李俊植准将と交替せざるを得なかった。

新師団長は戦線を整理して13日には寧海南側の線に後退した。この地域は、海岸線なので、米海空軍の直接支援が受けられる利点があったが、その兵力は第23連隊（金宗元中佐）の一コ連隊で、増強を期待していた。このため、防御陣地の側背が絶えず太白山脈沿いに浸透してくる敵の脅威に曝されて危険であった。

北鮮軍第五師団の南進が速く、迎日航空基地が脅威を感じていた。米軍・一コ大隊が緊急派遣され、厳戒態勢をとった。当基地は東海岸唯一の戦闘爆撃隊の基地である。当初、在韓米軍司令官兼第二十四師団長のディーン少将が計画した防衛線は、平沢～安城～鎮川～陰城～忠州～蔚珍の線であったが、まず両翼が崩れ中央部が突破された。

北鮮軍との兵力差、装備の差で決定的なのは戦車に対する防御手段が皆無であった。

また、遅滞作戦が米軍と韓軍では異なっていた。米軍は防御戦闘一点張りである。韓軍は防御しながら逆襲し攻勢をとる戦闘をしばしば実施して、多大の戦果を挙げた。米軍は1週間の戦闘で兵力の半分を失っていた。北鮮軍に与えた損害は艦砲と航空攻撃以外は特筆すべきものはなかった。

韓国軍は待ち伏せや奇襲でたびたび反撃し、効果的な打撃を与え、時間と余裕を得た。一旦は、崩壊した韓国軍であったが、徐々に立ち直り全般的にみると、愛国心が随所に現れ、将来に希望が見えはじめた。自分の国を守ろうとする者と助けに来た者との心理的な差が現れたようであった。米軍も命がけで戦っているのは察するが、その現象を見る限りでは、韓国軍との間には、かなりの差が感じられるのも事実である。開戦以来2週間で、国連やワシントン、そして現地では、数々の歴史的な決定がなされた。国連軍の創設と米軍の本格的な派兵、指揮の一元化、特に米国が本腰を入れたことである。韓国防衛戦は血を流しても援助する価値があると判断した。これまでの戦闘から、装備品と補給品を供給すれば韓軍は十分戦闘可能だと判断したからである。

韓軍陸軍本部が、大田から撤退したときには、大田の裏山のトンネル付近には、北鮮軍の前衛部隊が到着して、韓軍の警備隊との間で戦闘が続いていた。その間隙を縫って、陸本の最終班はジープ数台で駆け抜けた。

大邱に到着すると、ディーン少将の班が行方不明と大騒ぎとなっていた。

7月13日、第八軍司令官、ウオーカー中将は、指揮権を発動して「錦江～小白山脈の防衛戦で北鮮軍を阻止せよ」と下令した。

米軍第二十四師団で、錦江南岸を防衛し、小白山脈を防御中の韓軍を米第二十五師団が直接援護する。また、米第一騎兵師団が到着すると、これを京釜道正面で増援した。然し、錦江防御戦は3日間の戦闘で、16日に突破され、20日には大田も敵手に落ちた。

一方、清州付近の攻防戦であるが、首都師団を清州南側高地に配置し、第二師団で鳥致院方向を警戒させた。第一師団には、槐山の確保を命じた。

北鮮軍第二師団が美湖橋畔に進出したのは、12日の午後であった。4日間に亘った文案山の戦闘と、翌11日の米軍による空爆で多大の損害を蒙っていた。

美湖川は河巾50メートルの小川だが、両岸が断崖で水量豊かで、天然の要害であった。

北鮮軍は、12日夜から2夜にかけて、強行渡河を決行したがいずれも韓軍の集中砲火を浴びて頓挫した。14日午後迂回して来た戦車隊の掩護で、無事に渡ったが、清州北部地点で韓軍砲兵（M2型105ミリ・5門と重迫・8門）の一斉射撃を浴び、大損害を蒙《こうむ》った。被害を顧みない北鮮軍は強行突破で清州市内に入ったが、周辺を固めていた首都師団との間で、4日間の死闘が繰り返された。

北鮮軍戦車隊は、市街地突入前に、米空軍に捕捉され、ナパーム弾攻撃で壊滅した。また北鮮軍補給部隊が米空軍の好餌となり、攻撃力が眼に見えて衰えはじめた。首都師団の清州南側における防衛戦は、日を追うごとに成功しつつあった。陣地防御の成否は、将兵の敢闘精神にかかっている。

耐え忍び、機を見て反撃する心理的な余裕と闘魂であった。

第18連隊第2大隊長張春権少佐は、敵の行動を観察し、攻撃の前兆を予察すると、敵の攻撃に先立ち、挺身隊を潜入させ、敵陣を攪乱して、気勢を削ぎ、逆襲・強襲を反復し敵を敗走させた。第8連隊、第5中隊は、100名で配置につき死守を厳命された拠点で、敵一コ大隊と24時間の死闘を繰り広げた末、撃退した。

連隊長が、翌15日に後退を命じたとき、70名が死傷し、生存者は20名だった。

また、第8連隊長李賢進大佐は、清州市街から避難して来た婦人から、敵の本部の場所を確認し夜襲を決行して、5キロ後方まで追撃して司令部を壊滅した。

第17連隊第10中隊長柳致文中尉は、攻撃準備中の敵一コ大隊を奇襲して、これを敗走させ、重機9挺、自動小銃67挺を捕獲した。金錫源師団長は、全員に勲章を授与した。

この戦闘意欲と使命感が、清州南側の防衛戦を支えていた。北鮮軍は倍余の兵力で攻めあぐねていたのである。

然し、第一軍団は、7月16日夜、報恩地区への後退を下令した。米第二十四師団の錦江防御線が突破されてしまった。

北鮮軍第二師団の任務は「清州奪守後、芙江に進出して、錦江の渡河線を増援する」であったが、渡河戦には間に合わなかった。

大田の包囲作戦については、大田東側に進出して、退路遮断であったが、芙江里に進出した時点で、大田の戦闘は終わっていた。

次に、第二師団は報恩を経て、黄澗に進出し、米第一騎兵師団の退路を遮断するよう命じられたが、報恩付近で韓第一軍団に阻止され、ついで報恩〜黄澗沿いでは、米第27連隊（マイケレス中佐）の巧みな遅滞行動で戦力が半減し、8月の洛東江、攻防戦に参加できなかった。

北鮮軍第二師団は、春川の緒戦以来、韓軍の精鋭部隊とばかり交戦する不遇の連続であった。常に韓軍の退路遮断を命じられていた。その都度、激戦を繰り返し、損害や消耗の多い師団であり不運であった。

他方、韓軍、首都師団が善戦している間に、第一師団は槐山〜米院道に沿って遅滞作戦を続け、軍団主力の右側背を掩護した。

7月10日に、白師団長は、第11連隊を槐山〜陰城線の吉洞付近に配置して、第13連隊の撤収を援護した。

任務は「待ち伏せによって、敵を攻撃、打撃を与えつつ最大限の遅滞作戦を実施せよ」「断じて無理な行動はつつしめ」であった。11日未明に友軍、第13連隊が後退して来ると、槐山を素通りして、後方の岐山陵線に陣地を構築した。師団は部隊の交互運用によって、最小限の犠牲で、最大限の遅滞行動を図ったのである。

11日、朝には陰城から槐山に向かって急追して来た新鋭の北鮮軍第十三師団、第31連隊であったが、然し、突進部隊は、待ち伏せの韓第11連隊の好餌となって撃退された。

翌日、北鮮軍は第32連隊の増援で、再度攻撃したが、これも失敗に終わった。

13日は、槐山西北側から西南側の隘路で半日に亘っての激戦となり、夕刻に入って韓第11連隊は巧みに戦線を離脱した。続いて、梨花嶺の戦いである。

水安堡を過ぎると登り坂となり、つづら折りの急勾配が続く。左側は絶壁で右側は千仭の谷であり頂上が峠で、750メートルの標高となる。北鮮軍第一師団は周到な準備の後、14日未明の朝霧に紛れて奇襲攻撃をかけた。

韓第2連隊も態勢を整え、陣地を固守した後、一時逆襲に転じたが、別働隊の北鮮軍が迂回して側背から攻撃してきた。

韓軍は元の陣地に復帰して持久戦となったが、16日夕刻には、夜闇に乗じて玉女峰~風鳴山の線に後退した。

後に、この戦闘を振り返ると、梨花嶺は登るのも降りるのも険しい峠で、15キロの山道は道路が狭く車両が通らない。霧がときどき谷間を覆い見分けがつかなくなる。出会い頭の白兵戦が其処此処《そこここ》で多発した。敵、味方とも犠牲者が続出して、疲れ果て、入り乱れて寝込んだこともあった。

数日後、中腹の二コ大隊が戦車に追われて、峠の指揮所に避難して来た。早速決死隊5名を編成して、敵戦車の背後から乗車して、手榴弾で仕止めた。午後になって右翼陣が、戦車に抗しきれなくなった。

北鮮軍の方が火力も兵力も倍以上で、断然優勢であった。夕刻になって、敵の攻撃が終わったのを見届けて、反対斜面から逐次後退した。被害は思ったより軽微であった。

次に、竹嶺、豊基、栄州の戦闘について述べる。

丹陽を撤退した韓第八師団は、7月11日に竹嶺の防御配置についた。北鮮軍第十二師団も翌日には急追して、正面攻撃を開始した。また一部は、竹嶺の西方間道からも迂回をはじめた。一方、提川から南下した北鮮軍第八師団は、丹陽西北15キロの清風で漢江を渡河し、醴泉に南下して来た。醴泉は竹嶺南方28キロの乃城川畔の街である。このまま竹嶺を固守すると、後方が遮断される。李成佳師団長は、止むなく竹嶺の放棄を決意した。竹嶺の南隣の豊基にV字型の陣地を構築して、敵の侵入を待機した。翌早朝、北鮮軍第十二師団の前衛大隊を捕捉して殲滅した。「豊基の凱歌」である。

韓第八師団は、その後17日まで栄州を確保した。栄州を放棄せざるを得なくなったのは、防衛線の中央部を防御していた第21連隊、第1大隊が無断で後退をはじめて、両翼が支えきれなくなった。責任を感じた第21連隊長、金容培大佐は、その大隊長を即決で銃殺した。

戦場の軍紀確立の指揮権行使である即決権の行使は、他の師団でも発生した。尋常な手段では、任務達成が果たせない非常手段であった。

北鮮軍第十二師団も栄州攻防で攻撃力を失い、再編成に3日間を要した。

続いて、安東に南下した韓第八師団は、ここでも効果的な遅滞作戦を実行した。

北鮮軍の戦力を半減させた。如何に有効な遅滞作戦であったか評価される。

開戦以来、当師団の奮戦は抜群であった。

韓第二軍団の創設。陸本は7月15日に第六・八師団を統率して第二軍団を編成。7月14日までの編成は、次のとおり。

第一軍団（首都、第一、第二師団）。

第六師団（第2、第7、第19連隊）。

第八師団（第10、第21連隊）。

第三師団（第23連隊、及びその他部隊）。

西海岸地区戦闘司令部（申泰英少将）。

全北管区編成司令部（申泰英少将兼務）。

全南管区編成司令部（李応俊少将）。

第五師団（李炯錫大佐）実員一コ大隊。

閔支隊（閔機植大佐）実員二コ大隊。

金聖恩隊（金聖恩中佐）実員一コ大隊。

慶南管区編成司令部（蔡秉徳少将）。

最大の課題は、通信系統、連絡手段の確立が緊急課題であった。命令が数日要することもあり、通信を民間の有線に頼る以外は、伝令が走るしかない時代であった。

陸軍本部としては、部隊の再編、兵員の募集と教育訓練、兵站特に補給、後方の治安維持や避難民の収容等、多忙と混乱の渦中にあった。7月15日に慶北、咸昌で第二軍団司令部が編成され、軍団長には前第七師団長劉戴興准将が任命された。


軍団長、劉戴興（旧日本陸士、55期）。

副軍団長、李翰林大佐（陸士、57期）。

参謀長、姜英勲大佐（軍英卒）。

作戦部長、李周一大佐（陸士、56期）。

情報部長、金在植大佐（拓殖大卒）。


当時の東海岸における戦闘状況は、第三師団、第23連隊が、寧海南側で防御戦闘中であった。情報では、北鮮軍の前衛部隊が浦項西方の安康橋や清道トンネル付近に出没していた。

米第八軍の側背に、北鮮軍の一部が進出したのを案じた李俊植准将は、司令部を浦項に退げ、第一線を盈徳の線に後退するよう進言したが、首席顧問、エメリッチ中佐が、異を唱え現地の堅守を助言した。ウオーカー司令官から盈徳の死守を厳命されていた。

南側に位置していた迎日航空基地は、第八軍の直接支援に欠かせない重要基地であった。

然し、火力と兵力の差は如何ともし難く、7月16日に寧海南側の防衛線が崩壊した。ここは米海軍の直接支援を受けていたが、北鮮軍の怒涛の進撃は阻止できなかった。

この状況をエメリッチ中佐は次のように第八軍に報告した。

「事態は絶望的である。第23連隊は、75％が国道上を敗走中である。師団長は落伍者の収容に懸命であり、米軍顧問も空砲を撃って督戦に協力している。再編成に失敗すれば重大な結果となる。顧問も休養と補給が必要」

再編成を終わった第23連隊は、盈徳北側の華水洞付近に陣地を構築した。然し、翌日には盈徳南側に後退した。盈徳の失陥は、ウォーカー司令官を刺激した。

新鋭の第159野砲隊の155ミリ砲4門を急派して、盈徳奪還を命じた。18日未明、李俊植准将は総反撃を命じた。米海空軍も直接支援した。

正午、廃墟と化した盈徳を奪還した。

然し、翌19日には再び北鮮軍に奪われた。

20日には再び米海空軍の直接支援で再度奪還した。海上から英、巡洋艦ベルファーストと駆逐艦4隻による艦砲射撃は壮絶であり、北鮮軍の戦意を喪失させた。

24日には、第22連隊・姜泰敏中佐と独立工兵大隊が増援されて戦力が倍増した。第三師団は、25日から大攻勢に転じ、盈徳を囲む2キロの弧状に強力な防衛線を構築した。これから一カ月に亘る争奪戦が展開された。焦点となったのは、盈徳北方の308高地であった。この岡には、激戦の度に数百の遺体が放置され、惨状を呈した。砲撃戦では、ミズーリ号の巨砲は壮観であり北鮮軍の戦意を奪った。北鮮軍も兵力不足を韓国内で強制徴募した「義勇軍」で補充して闘わせたので、民族の悲劇が露呈した。

この戦いは、8月上旬まで続いた。次に、化寧場の戦闘がある。

7月14日に韓第一師団が、槐山から米院に後退すると、同時に槐山から俗離山、東側を経て、尚州に向かう経路が急浮上した。

韓第一師団と、梨花嶺を防御中の第六師団との間には、30キロの間隔があった。また、葛嶺に通じる道は狭いが、車両の通行は可能である。

第一師団・情報参謀崔泓熙中佐は、敵がこの間隙を発見して、制圧された場合は、韓第一軍団と第六師団は、後方を遮断されると判断し、直ちに軍・捜索隊長裵尚録大尉を化寧場に急派して、空中偵察を要請した。

翌、15日「槐山南側を移動中の北鮮軍大部隊を発見した」と連絡が入った。

予備兵力は底をついていたので、尚州に配置の米第24連隊長・ホワイト大佐が、一コ大隊を急派したが、忽ち撃退された。

中央正面の韓第八師団は、このとき北鮮軍二コ師団と対峙して苦戦中であった。事態の急変を知らされた丁参謀総長は、勇断をもって、配置変更を決意した。

7月16日の「作命44号から17日の55号」まで逐次下令された。次のとおり。

一、第一軍団は清州南側防衛線を撤収して、次のように兵力を転用する。

（1）首都師団は第17連隊を化寧場に急進させ、槐山～葛嶺～化寧場～尚州道を南下中の敵を阻止すべし。

（2）首都師団は、主力を醴泉～安東の線に転進して、第八師団の作戦に協力せよ。

（3）第一師団は、報恩～尚州正面を、第二師団は、報恩～黄澗道正面の遅滞作戦に任じる。

二、第二軍団は、第六師団を逐次、穎江の線に後退させて、戦線を整理し、一コ大隊を化寧場に急派せよ。また第八師団で安東北側を確保せよ。

三、第三師団は盈徳を確保せよ。独立大隊、二コ部隊を増派する。

「韓軍正面の戦闘は、西から化寧場、咸昌、安東、盈徳の線に展開する」であった。

目下の急務は、尚州西側に突発した危機に如何に対応するかであり、尚州の堅持が絶対的な必要条件であった。

7月17日の全般戦況は、錦江の下流一帯で北鮮軍第六師団が、全羅北道に侵入中であったが、詳細は不明であった。この地域は、穀倉地帯であるので、北鮮軍は糧食を求めての制圧である。軍隊の殆どは、第一線に配備されて、治安警察に毛の生えた程度の警備部隊では、北鮮軍に抗しきれなかった。このとき、錦江の防衛戦に敗れた米第二十四師団は、大田周辺で再編中であった。

韓第一軍団は報恩正面を確保していたが、第六師団は、聞慶南側に、第八師団は、栄州に後退していた。第三師団は、盈徳の争奪戦の最中であった。栄州と盈徳との間は80キロに亘る太白山脈が横たわり、西麓一帯では、少数の北鮮軍部隊が浸透していた。

遅滞と反撃

ウォーカー司令官が7月13日に発令した「錦江〜小白山脈の線」は既に敗れ、戦線は小白山脈の南麓に移って行った。

米第二十五師団は、永川に進出して、第24連隊を尚州に、第35連隊を咸昌〜醴泉に、第27連隊を安東に配置して、それぞれ韓軍の支援に任じた。18日、迎日湾に上陸した第一騎兵師団は、第二十四師団の掩護のもとで、大田正面に進出した。

現状況下では、尚州西側に侵入してきた北鮮軍の動向が、最もクローズアップしてきた。

報恩から急進撃した韓第17連隊・第1大隊長（李寛沫少佐）が、化寧場に進出したのは17日朝であった。30キロの距離を一気に走破する敏速な行動であった。

直ちに情報を収集すると、約一コ大隊の北鮮軍は、昨夕、尚州に向かって東進した模様だが、敵の主力は、まだ到着していないと判断された。李大隊長は、主力で隘路口の金谷里西側丘陵に陣地を配置して待ち伏せた。

また一コ中隊で、敵の退路を遮断した。

暫くして、尚州から北上して来た敵の車両1両を捕獲した。北鮮軍第十五師団の連絡将校と下士官であった。彼等は「先遣部隊の第48連隊の一コ大隊は洛西里に、一部は尚州を見下ろす137高地に進出した。夕刻、連隊主力が到着し、明日、尚州を挟撃する予定である。目的は、咸昌地区で作戦中の韓第六師団の退路遮断」と自供した。李大隊長は、火力集中の構成と陣地配備を今一度、丹念に点検して待機した。

北鮮軍が現れたのは夕刻であった。無警戒の歩兵二コ大隊と騎馬部隊であった。敵は金谷里に侵入すると、夕食の準備と一部の者は達川で水浴をはじめた。

頃合いを見計らって李大隊長は、一斉射を命じた。敵は全てを放棄して、一目散に後方の585高地に逃げ込んだ。300名以上の死傷者であった。戦場整理を行い、死傷者を整理して、後続部隊を待つとまもなく補給部隊と自転車に乗った数名の連絡兵を捕らえた。調べると2通の通信文を発見した。1通は、敵の第十五師団長・朴成哲少将が、先遣隊長に宛てたものだった。

「なぜ連絡しないのか?無線はどうした。直ちに連絡せよ」と、叱責したのと、残りの1通は、「師団、主力は18日朝に到着する」であった。

金谷里の待ち伏せは大成功を収めた。捕獲した武器、弾薬はトラック2台で後送し、他の装備品や食糧等は、近くの倉庫で保管した。遺棄死体は200体を超えた。宋第2大隊長は、敗走する敵を追撃して、100名余の捕虜を後送した。北鮮軍・第十五師団・第48連隊は主力部隊と通信、対戦車隊及び騎兵大隊が消滅してしまった。

金連隊長は、夕刻、鳳凰山（741高地、化寧場の北3キロ）と北側の東飛嶺里にU字型の陣地を構築した。

一方、第3大隊を尚州西側地区に突入させて米第24連隊と協力して、敵を挟撃し、東北方に敗走させた。この敵は南下中の韓第六師団の第6連隊に捕捉され、大半が捕虜となった。

尚州に迫っていた危機は、第17連隊の善戦健闘で回避された。

他方、東飛嶺里で待ち伏せていた第2大隊は、翌19日と20日に亘って捕物があった。十数台のトラックと数十の牛や馬車に満載した弾薬・食糧の補給部隊を一網打尽に捕らえた。捕虜達は「第49連隊主力が来る」と伝えた。敵が現れたのは翌20日であった。先遣隊であった。迎え撃つ宋虎林大隊長は、はやる将兵を抑えて、敵を完全包囲に包み込んでから射撃を命じた。戦闘は10分間で終了した。完勝であった。一コ大隊の敵は十数台の車両と多量の軍需品、数百の捕虜と死傷者を出した。

北鮮軍第49連隊主力は、翌日も現れなかった。再編成に手間取ったのである。丁総長は、第17連隊の全将兵を一階級特進させた。この戦闘の戦略的な価値は計り知れない。この遭遇戦に完勝した意義は大きかった。危機を未然に防止した戦闘であり、大打撃を北鮮軍に与えた幸運な戦闘であった。この戦いが敗走一途の韓軍に希望の光明を灯したのは事実であった。

第一師団はその後、23日には、主力を化寧場に前進させて、北鮮軍の南進に備えた。金容哲少尉はこのとき、宗大隊の1小隊長として、この戦闘に参加していた。思わぬ戦功で中尉に昇進して、大邱での再編成の際、中隊長に任じられた。

陸軍本部は、第17連隊を機動予備隊として、大邱での待機と再編成を命じた。他、戦線での緊急事態に備え、柔軟性を保持するためである。韓軍に、ようやく余裕の兆しが差しはじめたのである。

7月20日、米第二十四師団が大田で崩れると、金泉、軍威、義城地区に後退して、再編成させた。米第二十五師団は、主力を永川に、第24連隊を尚州に、第35連隊を咸昌に、第27連隊を安東に増援し、韓軍を増強した。

他方、湖南地方（全羅北・南道）は、7月23日頃から、徐々に侵透していた北鮮軍が、連隊規模の大部隊となり、韓軍の実働部隊不在のまま各地を席捲して進撃していた。

このまま放置すると、釜山地区の西側を脅かす行動であった。

ウォーカー司令官は、第八軍の総力を挙げて再編成、配備を決し、迅速に下令した。韓軍の作戦地域を、尚州北側から、槐山の線に定めた。

米第二十五師団で尚州正面を、第一騎兵師団で永同正面を防御させた。また、第二十四師団で釜山の西側、居昌〜安義〜晋州〜泗川の100キロに亘る警戒線の確保を命じた。

韓軍もこの機に再編成と整理を実施した。

陸軍本部、3000名の陣容を整えた。

第一軍団司令部（醴泉〜安東〜青松の確保）3100名。

首都師団、6700名。

第1連隊、第17連隊、第18連隊。

第八師団、8900名。

第10連隊、第16連隊、第21連隊。

第二軍団司令部（咸昌〜醴泉確保）1000名。

第一師団、7600名。

第11連隊、第12連隊、第13連隊。
第六師団、6800名。
第2連隊、第7連隊、第19連隊。
第三師団（盈徳の堅守）、8800名。
第22連隊、第23連隊、機甲連隊。
第1、2独立遊撃大隊。
直轄部隊、11800名。
新兵訓練所、9000名。
西南地区戦闘司令部。
閔支隊（閔機植大佐）、600名。
李暎奎部隊、500名。
金聖恩部隊、海兵、400名。
全北地区管区司令部、8700名。
全南地区管区司令部、6300名。
慶南地区管区司令部、5400名。
総計86900 名。

実戦闘員77200名。
傷病兵員8600名。

開戦時の八コ師団を、二コ軍団、五コ師団に改編した。また、戦闘中に遊兵となった将兵を集結して、第七、九師団の編成に着手した。

この頃、韓第一師団長・白善燁大佐は、黒人ばかりの米軍部隊と会った。不思議に思って、副師団長のV・ウィルソン准将に聞くと「黒人だけの部隊で、連隊長1人が白人のホワイト大佐だ」とのことであった。

この黒人部隊は、その後、戦績が振るわず8月に入って、ホワイト大佐は更迭された。

第一師団は増員され、新型のM2型105粍砲一コ大隊も配属され、各種重火器も充足されて精鋭師団となった。白師団長が准将に昇進した。

第一師団が尚州に集結を終わった25日の夜半、緊急信が入った。穎江南岸の第六師団が危機に瀕していた。北鮮軍第一・十三師団の猛攻を支えきれなくなった。なにしろ第六師団の防御正面は20キロにも達していた。第一師団は急行した。第13連隊を正面に増援して、砲兵部隊の支援のもと猛反撃にでた。夜を日についでの決戦となった。

彼我ともに二コ師団が対峙し、砲撃と肉弾戦が繰り広げられた。韓第一師団も2人の大隊長が戦死した。この戦いは1週間続いた。この戦いで北鮮軍の数百名を捕虜にして驚いた。全員14～15歳の少年であった。共産主義の非道さに、一同声を挙げて泣いた。韓軍は少年達を後送して保護した。

ここで、悲運の将、蔡秉徳少将の死を告げる。参謀総長から慶南管区司令官に左遷されていたが、中性模長官から「金羅道から敗走中の将兵と、釜山地区の将兵を指揮して、東進中の敵を阻止せよ」であった。

蔡少将は、敗戦の責任を痛感して、傍目《はため》にも気の毒であった。

命令を受けると、直ちに釜山と馬山地区の将兵を集めて、小火器だけの一コ大隊を編成し、呉徳俊大佐に指揮させて、晋州に急派した。25日に蔡少将は、晋州に掩護のために進出して来た米第19連隊長のモーア大佐に、河東の重要性を力説した後、丁度、沖縄から到着した第29連隊・第3大隊長モット中佐の案内役を引き受けて、敵が布陣しているのを知ったうえで、河東峠に立ち、狙撃兵に頭部を撃たれて戦死した。

死に場所を探しているようにも思われた。

蔡将軍は包容力に富み、清廉潔白で、政治力に優れていた。統率力にも定評があり、参謀総長を2度も経験した。日本の陸士49期で、同期生も口を揃えて誠実さを讃え、韓国人の誇りを失わなかった。思えば不運な運命と言わざるを得ない。

彼は遺書も遺言も残していなかった。

彼は、息子2人、娘3人の子福者であった。前線に発つとき、まだ病院のベッドにいた白慶和夫人を見舞って、人知れず別れを告げていた。6月下旬に生まれたばかりの末っ子を見たのは初めてであり、終わりであった。

彼は、この子に「英進」と命名して、死出の旅に出た。英雄の「英」と、38度線を進撃する「進」に由来する。

彼の複雑な心境を表したものであった。

現在、長男はエンジニアとして米国で活躍中であり、末っ子の英進氏は、銀行家として敏腕を振るっている。

洛東江の攻防

7月31日、ウォーカー司令官は、洛東江を最終防御線と定め、倭館（大邱西北23キロ）以西を米第八軍で、以北から盈徳までの150キロ正面を韓軍で防御するよう発令した。

釜山橋頭堡と呼んだ円陣の構成である。

この時機、釜山にはハワイから第5連隊、戦闘団、カリフォルニアから、第1海兵旅団が到着した。8月中旬には、第二師団の他、機甲連隊等が到着予定であった。

時間との競争は、既に国連軍に有利となっていた。

韓第二軍団、第一師団が倭館から洛東里にかけての洛東江東岸40キロを、第六師団が、その右翼の洛東江南岸25キロを防御した。

第一軍団はその東方に、第八・首都師団の順に併列して正面70キロの山岳地帯を防御した。東海岸の第三師団は、依然、盈徳を堅守して、満を持して待機した。

北鮮軍も必死であった。全戦線で息つく間もない攻撃を反復していた。兵員の損耗は占領地域の住民を強制徴募して、銃を持たせて容赦なく前線に狩り出した。民族の悲劇以外の何ものでもなかった。

洛東江を血に染めた一カ月半の消耗戦がはじまった。韓軍の長い後退作戦に終止符がうたれた。大邱の喪失は釜山の陥落に直結し、韓国の滅亡を意味した。

物資の補給、装備品の補充は、米軍の支援で最少限、間に合ったが肝心の兵員が底をついてきた。これまでは臨時の募集で補充したが、洛東江の激しい消耗戦では追いつかなくなった。

陸本は中央訓練所を設置して、第1～7訓練所を設けて、鋭意兵員補充に重点を置き、一カ月に一コ師団の兵員補充を目標とした。この時期、東海岸の慶州の攻防戦が激しさを増した。8月15日は、金日成が解放5周年記念として慶州占領日と定めた。

九連峰の争奪戦が、ハイライトとなった。

8月16日は最も血腥い日となった。

北鮮軍は終日、肉弾戦を繰り返した。

然し、韓第17連隊は、445高地一帯を死守した。夕刻、北鮮軍は杞渓北方に後退したが、韓第18連隊が追撃して、北鮮軍は200余の遺体を放置して、飛鶴山方向に退散した。韓軍は余勢をかって、杞渓西北2キロの新基洞に進出して待機した。友軍、機甲連隊も協同攻撃に併せて進出して来た。

一方、安楽川東岸の韓第1連隊も進撃をはじめた。第3大隊が、有琴里のトンネル高地を奪取の後、浦項への経路を制扼して、右側背を掩護した。杞渓の攻撃態勢が整った。8月18日、首都師団は第17連隊で445高地から七星峴の高地にかけて、第18連隊は新基洞から、杞渓を挟撃した。

また、第26連隊も杞渓東北の龍山に進出して、敵の退路を遮断する。第1連隊も北方からの攻撃で、右側背を掩護させた。

北鮮軍第十二師団の粘りも驚嘆すべきものがあった。随所に集中砲撃を反復して、死に物狂いの抵抗を試みた。開戦以来の常勝を誇っていた北鮮軍第十二師団としては、慶州を目前にして崩壊することは、不本意であった。然し、18日午後になって韓第18連隊が肉薄して、肉弾戦で陣内に突入した。

これで勝敗を決した。北鮮軍の残兵は、武器を放棄して、飛鶴山（768メートル）に敗走した。韓軍にとっては、開戦以来の大戦果となった。戦果は、野砲122粍、20門、迫撃砲32門、遺棄死体2800、捕虜は1800名を超えた。首都師団が、金弘壹軍団長の指導で、北鮮軍第十二師団を壊滅させた。

翌19日、首都師団は飛鶴山の残敵を掃討して、戦闘は終了した。

次に、洛東江河畔の決戦に移る。

釜山円型陣の要が大邱である。ウォーカー司令官は、万一に備えて、慶北、慶南の道境山岳地帯に、予備陣地を構築して敵の侵透を警戒した。

北鮮軍の目標も大邱であった。8月に入ると、歩兵五コ師団と戦車一コ師団で、大邱に対する圧力が日増しに強くなった。

この敵と最初に火蓋を切ったのが、倭館の河畔に布陣していた米第一騎兵師団と、上流部を防御した韓第一・六師団であった。

米第八軍が、釜山円型陣の構成を指令すると、韓第二軍団長・劉載興准将は、第一師団に倭館北側から洛井里の洛東河畔を、第六師団に洛東里から龍基洞を経て、安東西南側にかけての高地一帯を確保するよう下令して、釜山円型陣の北方の確保に努めた。

潁江河畔の戦線から離脱した第一師団は、尚州を経て後退し、8月3日夕刻には洛東里で、洛東江の渡河を終えた。付近の住民が舟を出し、献身的な協力が有り難かった。

師団は直ちに、南から第13・11・12連隊と東岸に並列して、防御線の構築を開始した。防御正面は40キロに達した。

第17砲兵大隊（朴永湜少佐）の支援が心強かった。装備は105粍砲、12門、35吋バズーカ砲、9門、57粍対戦車砲、2門、81粍迫、21門、60粍迫、28門であった。大河を利用しての防御戦であったが、空梅雨続きで、渡渉箇所で水量の減った地点が気になり、特に警戒、監視に重点を置いた。防御正面が広すぎて、中隊の正面が2キロの箇所もあり、予備兵力は底を尽き、絶えず巡回して穴を埋めた。戦車は一両もなく、薄いヴェールのような防御幕であった。

北鮮軍の追撃は早く、8月4日朝には、支援射撃のもと洛東里から渡河をはじめた。猛射を浴びせて撃退したが、その夜、北方から渡河迂回した敵と正面からの敵に挟撃されて、後退せざるを得なくなった。

韓第一師団の防御線は、北方から削られはじめた。打撃力の弱い勢力には支えようがなく、防御正面が広すぎた。第八軍の命令であったが現実性に乏しく、防御戦の原則を無視したものであった。

敵は上流から渡河し、南下した。5日からは隣接の第11連隊と協力して、海平地区の丘陵地帯で阻止を図ったが、2日間で突破された。この北鮮軍は、京城～龍仁～陰城～槐山～尚州道を南下した第十三師団の精鋭であった。一方、韓軍は決戦を避けて、遅滞作戦を繰り返しつつ敵に打撃を与え、戦力の消耗を計った。この作戦は成功した。11日には海平から南下した北鮮軍の前衛部隊を挟撃して、戦車5両を3．5吋バズーカ砲で撃破して主力部隊に打撃を与え撃退した。

韓第一師団長白准将は、マラリア熱で数日前から苦しんでいたが、最終防御線として、多富洞～遊鶴山～水岩山と決した。

第一師団は、右翼の第六師団と協調して、8月13日に新陣地の配備についた。右翼の第15連隊は、二コ大隊で正面3キロを担当し、直ちに防御陣地を築いた。また第11連隊も順調に尚州～大邱道沿いに陣地を構築した。ところが、中央の第12連隊が確保すべき673高地～遊鶴山～水岩山の山系は、早くも敵が占領して強固な陣地を構え、8月14日から死闘がはじまった。308高地は倭館北側の303高地と清渓洞と谷一つを隔てた南北3キロの丘だが、白い岩肌の岩山である。この丘の争奪戦が戦史に残る激戦地となった。未明に北鮮軍・第三師団が若木付近から渡河を開始した。韓第15連隊は、米砲兵の支援を要請して、一斉射撃を実施したが、敵の砲撃も熾烈で、韓軍は328高地の主陣地に後退し、夕刻には最終防御線の464高地に後退した。その夜のうちに態勢を建て直し、米空軍の直協も成功して、夜半には328高地を奪回し、その夜のうちに敵を対岸に敗走させた。

この戦闘で、韓第15連隊、第6中隊長、金国林大尉は、敵の大隊長を射殺し、彼が手にしていた地図の攻撃目標は、多富洞西南1キロの516高地と記してあった。

正午、北鮮軍は第十三師団主力で、韓第11連隊正面に圧力をかけてきた。戦車数両を先頭に、約一コ大隊の兵力で下板洞に進出した。ここで数日間、漢川渓谷での激戦がはじまった。積極防御の作戦が功を奏しだした。無線と信号弾を携行させた数個の斥候班には河を泳いで対岸に配置して、敵の動静や渡渉点を監視させた。或る中隊長（日軍、曹長）は、水泳の達人で進んでこの任務につき、8月16日、米空軍が倭館の河川沿いに、じゅうたん爆撃で北鮮軍に大損害を与えたが、情報提供者がこの中隊長であった。

米軍の直接支援が功を奏しはじめたのは、この戦いからであった。空軍、砲兵、戦車隊の増援で徐々に優勢となり、反撃戦に光明が見えはじめた。

北鮮軍は次第に戦力が削減され、疲労が目立ってきた。全軍の主力をこの戦線に投入していた。第一・三・十三・十五師団と虎の子の第一〇五戦車師団で、多富洞〜永川の線を力攻していたのである。

この時機、韓第一師団長白将軍は、顧問のメイ中佐に「現状をウォーカー司令官に報告するよう」依頼した。

「多富洞が突破されれば、大邱の防衛線は崩壊する」これが常識であった。ウォーカー司令官は「直ちに米第27連隊と予備隊の全てを増派するので、死守せよ」であった。

ウォーカー司令官は「多富洞が突破されれば、日本に撤退するしかない」と、思案を巡らせていた。

第一師団の連日連夜の反撃また反撃で死守を全うした。右翼の第六師団も健闘した。龍基洞の戦闘と呼ばれ、戦史に名を残している。増援のマイケレス連隊とフリーマン連隊も危機一髪で間に合い、見違えるような肉弾戦を展開した。

白師団長の奮戦がなければ、現在の韓国は存在しなかった。

多富洞~倭館の戦闘こそ、例のない血戦の繰り返しであり、北鮮軍崩壊の決定的な契機となった。

8月18日、9時半、韓軍は総反撃の火蓋を切った。砲、30数門、戦車25両の一斉射撃は多富洞の渓谷に木霊した。

米第27連隊は、追撃に移り牛鶴山~466高地を確保し、敗走する北鮮軍を掃射した。

マイケレス連隊も遅れじと、追撃戦を展開した。水亭の北鮮軍も敗走し、戦線には数百の遺体と数多くの負傷兵が残置され、戦車34両、自走砲5両、トラック23両と多くの武器、弾薬が散乱していた。

韓第11連隊と米第27連隊は、戦車を先頭に進撃し、泉坪洞で北鮮軍主力を撃破した。この戦闘が協同作戦の緒戦となった。

お互い相手を信頼し、尊敬しながら戦った。各級指揮官の相互信頼が基本となった。

8月26日、大邱北西部の北鮮軍を敗走させた頃、慶州正面では、再び緊張が走った。杞渓で北鮮軍第十二師団に大打撃を与えて飛鶴山を確保した韓首都師団は、8月24日から敵の反撃に苦慮していた。

北鮮軍は安東で再編成した後、素早い反撃に転じた。これは督戦隊による督戦の効果であった。韓第17連隊と北鮮軍第十二師団の625高地の争奪戦がはじまった。

625高地は、飛鶴山南麓の秀峯である。

3日間に6回も頂上の主が替わった。8月25日には韓軍は、涙を飲んで杞渓北側に後退した。

ウォーカー司令官は、慶山に集結中の米第21連隊を急派するとともにコールター少将をジャクソン支隊長に任命して、慶州に急派し、所在の部隊も統一指揮させて防御線を強固にして反撃させた。

北鮮軍が守勢に転じた矢先のことであったが、韓軍の士気も低下していた。原因は度重なる消耗戦で、経験の乏しい新兵が急増して、戦闘に不馴れで未熟であった。

ウォーカー司令官は、常に夜戦に弱い韓軍に不満をもっていた。

慶州正面に危機が迫ると、不満が噴き出した。彼は会議の席上で、丁総長に「韓軍は、夜襲を受けると必ず敗れる。しかも装備を捨ててだ。戦う意志があるのか、戦意のない者と一緒には戦えない」と、迫った。丁総長も理由を説明したが、不十分であった。その後、中国防長官や李大統領にも会って、繰り返した。

「貴国の軍隊は、国を守る決意があるのか」と、詰問した。

李大統領は激怒した。「失礼な奴だ」と怒鳴り返すと、ジープに飛び乗り、慶州正面の第一線に駈けつけた。

布陣していたジャクソン支隊長、コールター少将から戦況を聞くと、戦闘中の第一線に顔を出した。同伴の丁総長が「危険です」と、止めても耳に入れない。

暫くして、将兵を岩陰に集めると、

「米兵は命を惜しむが、君達は韓国軍人だから、祖国に生命を捧げて欲しい。生命を惜しまなければ必ず勝利する」と、涙ながらに激励した。

丁総長は、このとき75歳の老人の何処に、この気魄と闘魂が潜むのかと、舌を巻いた。丁総長は、大統領とウォーカー司令官の間で絶えず苦労した。政治と軍事との接点に立つ者の宿命であった。

この数日後、丁総長はウォーカー司令官から重大なことを聞かされる。

「残念だが、現在の我々の兵力では、現戦線を何時まで確保できるか、確信がない。努力はするが、最悪の場合は、第八軍は日本に後退する。韓軍、三コ師団を含む、政府要人等10万人を輸送する用意がある」と、告げられた。これは、マ元帥の意向だと指示された。

「そのときまで極秘に、どの範囲の政府要人と、どの師団を指定するか、検討してくれ。極秘に頼む」であった。

丁総長は、絶体絶命を実感した。この「秘中の秘」を大統領に伝えるべきか、悩んだ。米国の援助の限界を知った。他国は己れの生命を犠牲にして、他人を助けることはない、という現実を思い知らされた。

丁総長はこのとき、韓国軍総司令官・兼陸軍参謀総長の立場で、李大統領に報告した。大統領は激怒した。興奮で手を震わせながら叱咤した。

「ウォーカーに伝えなさい。生命を惜しむ米国人は去れ。韓国軍、いや韓国人は、1人も韓国の地を離れません。私も残る。死が訪れるまで、我々は生命ある限り戦う。

ウォーカーに伝えなさい。最後まで戦うことを、生きて韓国の滅亡と、自由の喪失を見ることはない」と、大統領の気迫と闘魂に打たれ、感銘を受けた。

ウォーカー司令官には伝えなかった。

特別顧問のハウスマン中佐にだけは伝えた。この頃、永川の争奪戦が展開されていた。劉載興第二軍団長は、戦線の崩壊を懸念して、五樹洞の第八師団に増援到着まで、現、堤防線の死守を命じ、軍団長も司令部とともに河陽の線で討ち死にする覚悟を決めた。

緊急事態を察知した第八軍司令部は、作戦部長のダブニー大佐から「直ちに新型戦車一コ小隊を増派する」と無線が届いた。

戦車隊の戦線投入は初めてで、まもなく轟音とともにM−46パットン戦車5両が到着した。

劉軍団長は、第3連隊、第1大隊と歩戦チームを編成して、前線に配置した。

戦車の出現に慌てたのは北鮮軍であった。

北鮮軍第十五師団は、初めての米戦車に驚き、全火砲を集中したが効果はなく対応手段のないショックは計り知れなかった。

開戦当初の韓軍の味わった「戦車ショック」であった。

韓軍は、完山洞を奪回し、ついで金老洞の敵も撃破した。北鮮軍は先を争って退却をはじめた。「逃げるが勝ち」の敗走である。

戦果は、北鮮軍は4000名を失い、捕虜1500名、戦車5両、装甲車2両、トラック85両、砲14門、小火器4000挺を鹵獲《ろかく》した。

韓軍の損害は、戦死者40名、負傷者150名、行方不明者50名であった。

両軍とも国の命運を賭けて戦った戦闘であり、韓軍の完勝となった。この結果が大きく総反撃の波となっていった。

光明

北鮮軍第十五師団を殲滅して、鹵獲《ろかく》品の山を視察したウォーカーはご機嫌であった。「本戦争における、最大の戦果だ」と激賞して、韓軍、各級指揮官を労った。

劉軍団長は、この言葉を聞いて「報われた」と思った。勝因は、信頼する部下に恵まれたこと、類い希な第一、六師団長はじめ、統率の基本を心得た連大隊長が輩出したことで、これ程の人材が揃ったことは奇蹟であった。山中であろうが河辺であっても、第一線の将兵と寝食をともにし、ともに手を携えて戦ったのである。彼等は、その大半が旧日本軍の将校、下士官出身であり、中国や南方戦線での野戦の経験者であった。

戦闘は理屈ではない、体験と不屈の精神力と即応性である。

敵を制するのは火力である。米空軍の直接支援が心強かった。このとき、師団には砲兵大隊が一つしかなく、米空軍が火力不足を補っていた。

北鮮軍が釜山橋頭堡に突入するチャンスは、幾度もあった。最後のチャンスが、北鮮軍第十五師団が永川を占領した8月末から9月初めであった。北鮮軍が余勢を駈って、大邱の防御線に東部から突入したなら、戦局は危機的に展開した可能性は否定できない。

このとき、ウォーカーは動揺して、マ元帥に第八軍の日本本土撤退を進言し、了解を得ていたのである。

これを翻したのが、第二軍団長の劉載興であった。死を決意して、永川の奪還を戦闘指導した。この判断がなければ、韓軍は崩壊していた。再起不能に陥った筈だった。

9月10日までに、北鮮軍の総攻撃の9月攻勢は終了し、韓軍の大反撃態勢が整いつつあった。国連軍の仁川上陸作戦は、9月15日と決定され、これに呼応して、全戦線で追撃戦が企図された。

第八軍は主攻を京釜本線沿いに北進して、京仁地区で、仁川上陸の第十軍団とリンクアップする。北上する第八軍団の先頭は、第一軍団で、米第一騎兵師団と米第二十四師団それに韓第一師団で編成された。

韓師団と米師団の編成は初めてであり、統、連合作戦の試金石となった。

新任の米第一軍団長ミョーバン少将は、第一師団長、白准将を笑顔で迎えた。

ミョー[illegible]ン少将は、ドイツ戦線で勇将として、戦後も駐留師団長であったが、急遽、当戦線に赴任した。小柄な将軍で、ドイツ犬をお伴にしていた。自然な仕種《しぐさ》は、人種を越えて心が和んだ。

9月16日、9時、土砂降りの雨の中の前進命令である。右翼の第12連隊が4キロ前進した。午後「孝令に進出して、多富洞～軍威道を遮断した」と、吉報が届いた。師団主力より8キロも突出した。9月20日に完全包囲に成功した。米第7騎兵連隊が多富洞西側に進出し、第8騎兵連隊も包囲網を縮めた。この日の夕刻、北鮮軍、第十三師団参謀長李学九大佐が、幕僚とともに投降して来た。

9月21日、多富洞の掃討戦が終わった。

軍威～尚州道は、北鮮軍の遺体が散乱し、戦車、火砲、トラック、弾薬等で埋まった。捕虜となった数千の将兵は、死体の埋葬と戦利品の整理に数日を要した。

韓軍、将兵は「わが祖国、蘇る」を実感した。9月22日、韓第一師団は態勢を整えて次の命令を待っていた。

ところが8時頃、米第一騎兵師団の機械化部隊が猛スピードで通過した。次に師団長のゲイ少将がジープで現れ「安城で、第十軍団「仁川上陸軍」とリンクアップすることになった。京城で会いましょう」と、涼しい顔で通過した。去った後には、口笛の音と、煙草の紫煙が漂っていた。

戦場では、苦しいときの方が多い。でもこのとき程、羨ましく、悲しく、哀れに思ったことはない。助ける側は、堂々と栄光を求めて北進してゆく。助けられる者は、栄光を置き去りにしてゆく。人として哀れの限りであり、栄光の果実を他人がもぎ取るのを指をくわえて見る辛さは、表現のしようがなかった。これまでの歓喜が、一瞬にして消え去った。空虚な心が全身を覆った。全ての道路の優先権は、米軍にあった。

韓第一師団は、米軍の最後尾について来い、「戦いを体験した者には、武士の心情がある筈であり、これは騎士道にも通じる筈だ。あれ程、自尊心を傷つけられたことはない。然し、我々は忍ばねばならない。如何に栄誉を奪われても、差別を受けようとも我慢しなければならない。将来の栄光のために」と、幾度となく自問自答を繰り返した。

かつて、日本軍とともに行動したときも、このような屈辱はなかった。それ故、戦友は敗戦を自覚しながら「特攻隊」を志願した。このとき程、差別と異民族の違いを痛感したことはなかった。

やがて、追撃命令が届いた。気をとり直した第一師団は、尚州～報恩～米院～清州道を一路北上した。途中、便衣《べんい》に着換えた北鮮兵らしい群衆を見つけたが、将兵達は見て見ぬ振りで「お前達は野望家の犠牲者だ。二度と連中に踊らされるな。早く帰って家族と共に暮らせ」と、祈る気持ちであった。

沿道には、狂わんばかりに歓喜して迎える民衆の姿があった。3カ月に亘って、北鮮軍と人民委員会に苦しめられた。もう賦役も強制徴募も作物の強制供出もない。常時、監視されている強迫感からも解放された。

韓国民の強烈な歓呼に迎えられた第一師団は、清州北側に集結して、次の命令を待った。38度線を越えて、北鮮への侵攻が噂されはじめたのがこの頃であった。

京城奪還

仁川上陸に続いて、京城の奪還については、韓軍から一コ連隊戦闘団と海兵連隊とが参加した。これが米軍の政治的な配慮か、韓軍の要望だったか定かでない。仁川上陸部隊には、特別に米国製の新品の装具と装備品が支給された。連隊長の選定に、米軍は条件をつけた。

「一番、勇気のある指揮官」であった。

韓軍は、第17連隊戦闘団長に、首都師団長、白仁燁大佐を、海兵第1連隊長に中鉉俊大佐を選んだ。

丁一権総長は「白仁燁は、第一級の指揮官であり、統率力、使命感も第一級」と太鼓判を押した。

反撃作戦に当たり、兄、善燁が米第一軍団に属し、弟、仁燁が米第十軍団で、共に韓軍の代表として、第一線指揮官として辣腕を振るったことは刮目に値いし、戦史に残る偉業であり、稀有の史実である。

この第17連隊は、9月10日に慶州北側の戦線を離脱して、大邱を経て釜山に到着した。歴戦の部隊であったが、負傷者を除くと兵員は1/3に減少していた。多くの指揮官も負傷していた。8月9日に杞渓の戦線に投入されて以来、一カ月の激戦の連続で疲労困憊の極に達していた。3日間、眠り続けて息を吹き返した。この間に新兵が補充され、一切の装具、装備品が新品揃いとなった。この中に生き残った金容哲中隊長の顔があった。手足は敵の銃弾で3度負傷していたが、任務遂行に支障はなかった。

4日目の9月14日に、編成完結式が行われ、李大統領が閲兵した。午後、乗船命令がでて、夕刻、輸送艦3隻に分乗した。

李大統領と中国防長官も見送りに現れた。9月15日、未明に釜山港を出港した。

6時頃、艦長が見回りに来たので、行先を尋ねると「日本だ」と応えた。

白大佐は、日本嫌いの大統領が日本への出港を見送るのはおかしいと思ったが、2/3が新兵だから、日本の演習場で訓練するのかなと半信半疑でいると、昼頃、済州島の山が見えた。昼食を終わった頃、「今朝、仁川上陸に成功した。行先は仁川だ」と、届いた。続いて命令が来た。

「艦内で訓練せよ。新兵には射撃訓練、1人宛300発、体験射撃。甲板で銃剣格闘訓練と鍛錬。市街戦の訓練。京城一番乗り部隊として、訓練せよ」で、あった。

直ちに、海上に向かっての射撃訓練、甲板上や艦内を走り回って、市街戦の訓練がはじまった。まるで戦場の渦中の艦内であった。騒々しい部隊を乗せた艦隊は、17日に仁川沖に到着した。

戦火の跡の生々しい仁川港に接岸すると、第十軍団司令部は富平（仁川東郊の旧日本軍兵器廠跡）に設置されていた。

戦況説明では第一海兵師団は漢江南岸に達して、渡河の準備中であり。第七師団は、水原に南下中であった。「戦線は順調に進展していた。次の命令は韓第17連隊は、予備隊として、京城奪回作戦を準備せよ」であった。

第十軍団長アーモンド少将は、昼食をともにして、我々の前途を祝った。

9月24日、米第七師団長バー少将に韓第17連隊を配属した。

「明、25日未明、西氷庫を渡河し南山から東大門駅にかけての京城南部を奪取し、京春街道を遮断せよ」と命じられた。

このとき米海兵師団（韓第1海兵連隊配属）は、21日から京城西部（鞍山山稜）を攻撃中であったが、苦戦していた。

韓第17連隊の先陣は、第1大隊長柳昌燻少佐で、次に米第32連隊第2大隊、その後に韓第17連隊本部と第2大隊が続いた。

米第32連隊は、上陸戦で先陣に立ち、連戦で疲れていた。そこで韓第17連隊が先頭に立った。この第1大隊・第2中隊長が紅顔の金容哲中尉であった。

25日の朝は、深い霧に覆われていた。

猛烈な支援射撃下の渡河作戦となった。

第1大隊は、水陸両用車で無事対岸に着いた。京城市街地への一番乗りとなった。作戦は順調に進展した。夕刻には東大門南側の高地を確保した。殆ど抵抗もなく無血占領であった。

明日の目標は、忘憂里である。京春街道の遮断であった。作戦構想を数名の幕僚と話していると米第七副師団長のホッジ准将が訪れ「一コ大隊で東大門北側を夜襲」して欲しいと言ってきた。

白連隊長は「私の連隊は、夜襲はできない。明朝の京春街道遮断の準備がある」と、断った。

その後、バー師団長も現れて再度命令されたが断った。文句を言われたが、それで終わった。

部隊のことを一番良く知っているのは、隊長である。可能、不可能を判断するのも隊長である。上級指揮官は、部隊長の意見を尊重するのは当然である。

26日は、未明からの攻撃で、龍馬峰（３４３）高地一帯を確保して京春街道を遮断し、重要地形の制圧に成功した。

午後には、後続部隊と交替して、京城市内の警備を担当した。市内の数カ所で火災が発生していた。北鮮軍が敗走しながら、放火し、水道施設を破壊したので消火に手間取った。内務部長官趙炳玉と連絡をとり、軍を総動員して、夕刻までに鎮火した。

9月29日に、還都《かんと》式が行われ、マ元帥や李大統領も顔を見せた。

式典の後、アーモンド軍団長、バー師団長から白連隊長に銀星章、将兵12名に銅星章が授与された。また、大統領から、大極最高勲章が贈られ、部隊には賞状が与えられ、功を讃えた。

京城市街で銃声が聞こえなくなり、平穏な生活が復活しだした。戦線は38度線に北上して行った。

北鮮軍占領下の首都の状況は悲惨を極めた。

3カ月前のソウル陥落に際して、数多くの政府要人の家族がとり残されてしまった。多くの要人の家族が虐殺され、生き伸びても塗炭の苦しみを味わった。

空軍参謀長・金貞烈の夫人、金姫載女史の苦労は想像を絶する。

開戦3日目（27日）の午後、夫から電話で「ソウルは放棄する。後方に退いて戦う。着換えと、結婚写真を当番兵に持たせてくれ。米軍が参戦するから、必ず帰ってくる。辛抱してくれ。子供と母を頼む」であった。このとき夫人は、日本時代を想いだした。夫は日本軍の戦闘機乗りであった。結婚して3カ月目に南方戦線に派遣され、1年後に帰還した。そのときを想い、必ず帰って来ると信じた。

然し、前とは全然、異なることに気付いた。以前は1人であった。今度は一家、一族を守らねばならない。夫の母と4人（6、4、2歳と3カ月の乳呑児《ちのみご》）弟、英煥の妻や乳母、召使いを入れると10名余、女、子供で如何に暮らすか……心細い限りである。冷静に冷静にと何度も自問自答したが、不明なことばかりだった。

ここは危険だ、立派な屋敷だ。北鮮軍が来て捕まると思った。夕刻には銃声が聞こえだした。外を見ると韓軍の兵隊が敗退してくる。その夜のうちに荷造りして、雨の中を社稜洞の従兄の家を訪ねた。70歳位の温厚な人で快く迎えてくれた。

真っ暗な雨の夜道を乳呑児を抱え幼児の手を引いて、荷物を背負い歩いたこの悲しさは終生忘れることはない。

7月に入ると、従兄が思い余った様子で、南部への避難を促した。「北鮮軍兵士や人民委員の連中が、政府要人や高級軍人の家族を探し回っている。いずれ嗅ぎ付かれる、今のうちに避難した方がいい」と言い出したが女、子供ばかりで方策がなかった。眼つきの悪い男達が露地裏をウロウロしはじめ、危険が迫っていることを感じはじめた。7月17〜18日と、米軍の爆撃が本格化しだした。それと同時に、市街地の市民の大半が、四方に疎開をはじめた。

この機会を、渡りに舟とばかり、避難民に紛れて、三角山の洞穴に入った。従兄の家族も一緒であった。三角山は京城の北郊に聳える三角形の岩山で、天然の洞窟が多い。

この夏は暑く、湿気と暑さに苦労した。近くの農家が牛小屋を貸してくれたが、先客が30名程いた。

老いた母は、弱ってくるし、乳呑児は乳が足らず、食料探しに駆け回った。幸い紙幣がまだ流通していたので、金さえ出せば何とか欲しい物が手に入った。

1週間ぐらいすると、牛小屋の仲間も半分ぐらいに減ってきたが、一カ月余りのここでの生活は大変気苦労が多かった。素姓を隠すのに苦労した。褒美《ほうび》欲しさに、密告されないとも限らない切迫した日々であった。夫はメリヤス工場を経営して、南部に出張中ということで済ませていたが、内心気が気でなかった。

8月に入ると、この山の中まで赤い行政が現れだした。人民委員が週2〜3回、部落民を集めて「李承晩は、もう駄目だ。まもなく釜山も落ちる。協力すれば生活は保障する」と洗脳工作をはじめた。週に2回、軍需物資の運搬に動員された。その都度、金を払って代理人に協力して貰った。

この頃の食事は、山菜や木の実、南瓜とソバで、ときどき闇で手に入れる米が有難かった。この頃までは何とか品物はあった。

あるとき北鮮軍の一斉検査があった。もう駄目だと思った。実は夫の形見と思って、パイロット、ジャンバーと拳銃を枕の中に縫い込んでいた。彼等は枕には関心を示さなかった。裁縫箱のマッチとローソクを奪って去った。

9月に入ると、北鮮軍の家探しが一層厳しくなった。屋根裏まで探して、青年男女を狩り集めて、兵隊と労働源に徴用していった。

中旬になると、米軍の爆撃が激しくなり、民間人にも死者が続出した。

この頃から、食糧が底を尽き出した。

そのうち、1粒の米も穀物もなくなった。

金はまだ残っていたが、売ってくれる人も物も見当たらなくなった。食用の草を探した。このとき、救いの神が近くの教会の牧師さんだった。彼は粥を与えてくれた。

9月26日からの3日間市街戦の最中に、日に2回、重湯と粥を運んでくれた。命の綱であり、神の使いであった。

9月28日の早朝、中央庁に大極旗が上がっていると叫んでいるのが聞こえてきた。然し、そのときは、喜ぶ元気も体力も残っていなかった。絶えず生命を脅かされ続けてきたこの3カ月間は緊張感の直後の解放感と、食うや食わずの疲労と衰弱で一種の放心状態に陥った。やがて気をとり直すと、同じ窮地で生死をともにした20数人と、それぞれの家を目指した。一同は、東仙洞の邸に無事辿りついた。モンペ姿でハダシで哀れな恰好であった。

途中で右翼が共産分子に報復しているむごい光景に、幾度か出会った。悲惨である。広い邸《やしき》は、北鮮軍が軍服の縫製工場にしたらしく、古いミシン数台が残されていた。慶州、金の名家が先祖代々伝えてきた由緒ある家宝は何一つ残っていなかった。然し、夫人は涙を流す余裕はなかった。

飢えた母や子供達に、先ず食事を与えなければならなかった。厨房の隅に残っていた炭で火を焚《おこ》した。庭の古井戸の水でお湯を沸かし、土間の片隅の隠し庫《くら》の非常米を探し出して粥を焚き、全員で食した。

誰かの声が玄関でするので、出て見ると、空軍の憲兵である「閣下が帰られました」と言う。返答もせず立っていると「今帰ったよ」と申し訳ない顔で、夫が立っていた。夫人は「電話一つで、母や子を、地獄に落とした夫とは即、離婚だ」と口に出かかったが呑み込んだ。この3カ月の辛苦は、その後4~5年間悪夢としてうなされた。金総長はこの28日朝、F―51を自ら操縦して金浦基地に一番乗りして、所要の指示を与えた後、市中に残っている敗残兵の銃声の中を、家族の安否の確認に駆けつけた。このときの一家は痩せ衰え、生後半年の末子は危篤状態であった。直ぐに金浦の旅館に収容して、医者の手当てを受け、生命をとり止めた。金一家は幸せな方だった。避難の機会を逸した政府要人や高級将校の家族の中には記述するに忍びない事例や拷問が行われ、惨殺された家族も多く、獄舎や強制収容所で重労働を強制された家族もあった。生死の境でも、救われた家族は幸運という外ない。

第三師団参謀長、丁來赫大佐は、10月10日に北鮮元山を占領して、作戦が一段落し、初めて3日間の休暇で、京城に帰り家族を探した。

6月28日の京城撤退の際は最前線に在り、家族に連絡することもできず、ただ無事を祈るしかなかった。

幸い京城郊外の親戚の家に身を寄せていて、妻子とも無事であったが、彼も夫人に離縁状を突き付けられる瀬戸際であった。

家族が無事で、円満な家庭を再現できたのは一割に満たなかったと言う。

9月19日に、北鮮軍は崩壊をはじめた。

韓第三師団は浦項を、首都師団は杞渓を奪回し、第二軍団の諸隊も全戦線で追撃戦に移行した。

そこへ38度線への追撃命令が下った。

韓第一軍団作戦部長朴林恒大佐は、38度線への追撃命令の作成に戸惑った。

米軍団司令部に問い合わせても要領を得ない。彼は日本、陸士で教わった師団の図上戦術を想いだして起案した。作戦地域を2分して、第三師団と首都師団を併列して北上を命じた。米海空軍も積極的に直接支援に参加し、偵察、海上補給と緊密に協力して戦果につながった。38度線に一番乗りした。これが基本となり、東海岸の作戦の基本型となった。

変わり者としては、軍団顧問のエメリッチ中佐であった。作戦中も愛人をジープに乗せて、走り廻る型破りの男であった。彼は、米海空軍との共同作戦の連絡業務を担当していたが、献身的に協力して作戦を成功させた。その功績は極めて大きかった。

韓師団は、大隊単位で太白山脈、東麓を北上した。2回、LSTで海上機動させて海岸道を疾駆した。車両不足は、ピストン輸送で加速した。余りの速さに、米軍は「ロケットの第三師団」と、呼んで評価した。

9月30日には、前衛の第23連隊が38度線の境界に達した。ここで越えるかが大問題となった。

マ元帥からは「一兵たりとも越えてはならぬ。ワシントンが命令するまで待機」であった。

李大統領からは「北が38度線を越えた以上、国境は消滅した。マ元帥に預けた指揮権は取り戻すから、北進せよ」と、矢の催促である。

丁参謀総長は、政治と軍事の板挟みで、苦悩する運命であった。

平壌一番槍

10月2日、正午にマ元帥からの北進命令が届いた。全将兵が歓喜した。

韓第一軍団は破竹の勢いで東海岸沿いを元山に向かって急進した。10月10日に元山に突入し、17日には咸興、興南を制圧した。他方、韓第二軍団は、10月5日に春川と議政府正面で、38度線を越えた。

第六師団が春川～華川～金化～平康道沿いに、第七師団が漣川～鉄原～平康道沿いに北進した。10月10日には陸本から一部、二コ大隊で元山方面に転進せよと命じられた。

早速、第六師団の一部を平康から元山方向に転進させた。第七師団には、平康から谷山への進出を命じ、第八師団には、伊川を経て、谷山に進出を命じた。

ところが、10月14日に第七師団が谷山に進出すると、重大な命令が届いた。

それは、平壌、攻略命令であった。

然し、命令の内容を詳しく読むと、軍の作戦構想は「米第一騎兵師団を主攻として、京義本道沿いに進撃し、米第二十四師団を助攻に九化里～市辺里～遂安～平壌道に沿って進撃する。韓第一師団は予備として、海州周辺の敵を掃討《そうとう》せよ」であった。

またも韓軍は、冷飯食いである。

平壌の包囲は、元山に上陸した米第七師団となっていた。

これでは、平壌包囲作戦に、韓軍は一兵も参加できないということである。

ここで、李大統領も直接、マ元帥に韓軍の参加を強く要望した。

然し答えは「米国は北韓を戡定《かんてい》した後、暫く軍政下で民心の安定を図り、そのうえで韓国政府に委ねたい。それで当面、韓軍を平壌攻略戦から外したので了解して欲しい」ということであった。

米第一軍団に属する白第一師団長は納得しなかった。その全容が判明すると失望した。白師団長は、軍団参謀長に訴えた。「敵、首都の攻撃に、韓軍がなぜ参加できないのか」と詰め寄ったが、答えは「気の毒だが、決定済みで、変更できない」であった。諦め切れず直接、ミヨーバン軍団長に訴えた。軍団長は「君の師団の車両の数は？」と尋ねた。「50両」と答えると「米軍の師団には1000両ある」「マ元帥は、平壌攻略は無論、鴨緑江への進出を急いでいる。中共とソ連に介入の時間を与えないためだ」「第一線部隊は、何より機動力が必要だ。君は後方を固めて欲しい」と。然し白師団長は粘った。「歩兵だけで予定どおりに突進させられる。車両化部隊も、抵抗を受けると歩兵戦だ。北進する程、山岳戦となる。吾々は山に慣れている。米軍の進撃速度に劣らぬ進出をする。鴨緑江に一番乗りする自信がある」と言い切った。ミヨーバン軍団長は終始、困惑の表情だったが最後に「本当に自信があるならチャーチの師団（第二十四師団）と交代させよう」と決心を変えた。白師団長は、その好意に謝した。こうして韓第一師団が、右翼第一線に起用された。直ちに、参謀長のグラント准将を呼んで、変更命令を伝えた。

米軍の統帥は、指揮官中心主義である。

戦場では、功にはやる勇ましい指揮官や身の安全を優先して、易《やす》きにつく指揮官も多い。多数の将兵の生命を預る者として、進んで困難な任務に立ち向かう者は少ない。白師団長は、身を捨て、国家的な立場から進んで危険な任務に挺する具申をした。軍団長はこの気魄を認めた。

韓第一師団の将兵は、喚声を挙げて命令を受領し、勇躍《ゆうやく》して清州の集結地を後に、北進の途についた。

青天の霹靂の侵略に遭遇して、傷心と絶望の中で、後退南下した3カ月半前は初夏であったが、今やポプラ並木も色づきはじめて、爽やかな秋の気配が、そこはかとなく漂っていた。北上の途中で散見した、水原の街も京城の旧市街も生々しい戦禍の後で荒廃して見る陰もなかった。今更ながら侵略の業火《ごうか》に憤りを感じ、祖国統一を祈願せずにはいられない思いであった。

米第一騎兵師団から「本日9日に予定どおり攻撃発起位置についた」と連絡が入った。負けてはならぬと第一師団の将兵もただ黙々と最前線に向かって歩き、また歩き続けた。

10月10日、第一師団は高浪浦里に集結して、攻撃を準備した。開城方向からは、ときどき砲声が轟いていた。この日、白師団長が要請していた戦車小隊（5両）が到着した。

テストを兼ねて、中隊長が指揮していた。

白師団長は、英語に堪能な第12連隊長、金點坤中佐に担当させた。テストは上々の成果を挙げた。米軍戦車隊が韓軍を支援するのは初めてであった。予行訓練の後、金中佐は「吾々は戦車が先頭に立ち敵陣を突破し、歩兵が随伴すると思っていたが、米軍は違う。歩兵が先行して、地雷等の障害を除去し、敵の対戦車砲の位置を知らせなければ、戦車の威力は発揮できない」と言っている。一寸おかしいと思うが、戦車なしで戦う覚悟だったから、彼等の言う通りに戦車を保護しながら、北進を開始した。

当作戦中、戦車隊の損害は皆無であった。協同作戦も上首尾であった。

白師団の作戦構想の概略は、

1、第11連隊で、高浪浦里正面の38度線を突破して、九化里を確保する。

2、九化里奪取後は、第12連隊を前衛として沙尾川河谷を北進する。

3、状況により、第15連隊を朔寧に分遣《ぶんけん》して、市辺里を確保する。

4、爾後は新渓〜遂安〜栗里道を軸線に平壌に突進する。

5、休憩はなし、突進は昼夜を問わない。第15連隊を朔寧に分遣する案は、日清戦争（陸士時代の戦史の研究が役立った）のときの平壌攻略戦が頭にあった。

日清戦争のときの日本軍は、第五師団主力で京義街道を進撃し、朔寧支隊（立見旅団）で、白師団の進路で挟撃し、元山を制圧した元山支隊で平壌北側を迂回させて、退路を遮断した。マ元帥の構想もこれに準じた。

「休憩なし」は攻撃発起が米騎兵師団より2日も遅れていたので、苦肉の策であった。将兵からは、「あんなに忙しい作戦はなかった」と、恨まれた。然し、軍団からは「東海岸より進撃速度が遅い」と、しきりに督促された。

将兵達は昼も夜も歩きに歩いた。

多富洞の奪還戦から、歩きづめであり、足は腫れあがり、疲れ果て、九化里を制圧した後は、動けなくなった。

白師団長は、困り果てた。いくら悩んでも妙策はない。進撃が遅れることは重大事である。第一騎兵師団に伍して、如何に、歩を進めるか、思索を廻らしていると、米第10高射砲群長ヘニング大佐が訪れた。

旧知の仲なので苦衷を訴えた。すると彼は、「パットン将軍を知っているか」と、聞いた。無論「名前は聞いたことがあるが、研究したことはない」と率直に答えた。

ヘニング大佐は、戦車を中心とした統合戦闘の要領を解説した。

1、　戦車隊（工兵配属）が道路上を突進する。

2、　歩兵は、50両の車両をフル回転で、ピストン輸送して、戦車隊に追随する。

3、　砲兵と空軍が密接に直接支援する。

殊更新しい戦法ではないが、成功させるためには、師団長が先頭戦車で陣頭指揮をとることが、最重要とつけ加えた。

将兵の心が一致して、歩、戦、砲、工、空の統合作戦が成立する。

「これがパットンの戦法だ。貴官の決心次第だ」と言った。即座に「やろう」と、返した。

直ちに、全部隊長を呼集して、説明し、実行すると宣言した。顧問のヘイズレス中佐と戦車中隊長が異議を唱え、危ぶんだ。

「韓軍は、統合作戦の経験がない。言葉も通じない。微妙な意思疎通が必要だ。空軍との前進航空統制班もない」と、戦車中隊長も「戦車は昼は強いが、夜と近接戦には弱い」と、気が進まなかった。

ヘニング大佐は、それでも説得を続けた。

これまでの白師団の健闘振りを讃え、協同作戦能力も評価した。前進航空統制班を急遽設置して、英語に秀でた作戦部長補佐林珍錫少佐を起用して、3時間の特訓で即成の協同作戦態勢を整えた。

こうして、11日夜、機甲中心の突撃隊が編成された。迂回部隊として、第15連隊趙在美中佐を朔寧に迂回させ、挟撃態勢を整えた。翌12日戦車を先頭に、中核陣地の九化里の丘陵陣地を攻撃奪取した。

最初の協同作戦の賜物であった。「案ずるより生むが易し」であった。

こうして、170キロ先の平壌目指してのシーソーゲームがはじまった。ところが夜になると戦車隊が発進しないのである。約束が違うと詰め寄ると、中隊長曰く「戦車は昼は虎だが、夜は子猫だ、危険で進めない」と、話にならない。また、整備も必要だし、補給が先だとか、埒《らち》があかない。

ヘニング大佐が説得しても、駄目だった。

大隊長から、夜間攻撃は禁じられている、と決して首を縦に振らない。

白師団長は、戦車隊を放置しての進撃も考えたが、短気を起こさず大人になろうと、休止を命じた。戦力の統合発揮に重点を置き、長期的な展望に立ったのである。

初めての協同作戦で、韓軍を信じられないのであろう。夜間戦闘ではなお更であり、信じろと言う方が無理である。

翌13日は未明からの戦闘であった。敵も激しい抵抗で応戦した。沙尾川の河谷が険しく、戦車の行動が制扼《せいやく》された。

午前中、砲撃戦で応酬したが、午後に入って米第5騎兵連隊の迂回攻撃で、北鮮軍の一斉退却がはじまった。

第5騎兵連隊長のコロムベス大佐は「貴師団の区域に越境したが、戦況上、止むを得なかった。このまま追撃戦で急追《きゅうつい》するので、認めて欲しい」と、申し入れた。

白師団長と、ヘイズレス中佐やヘニング大佐も駆けつけて、話し合ったが、平行線であった。「この状況では、敵を利する」と判断した白師団長は、先行することを認めた。敗け戦《いくさ》のときには、前線を嫌った米軍であったが、一転、勝ち戦となると、我れ勝ちに功を競った。特に白人部隊にこの傾向が強かった。白師団長は、旧満軍時代や陸士留学を通じて、日本軍将校と苦楽をともにしたが、このような経験はなかった。助けられる者の辛さ、恨みがあった。口では表現できない、心の傷である。数時間を要して、第5騎兵連隊を見送った後、白師団は気持ちを一新して、追撃を開始した。13日午後、市辺里の盆地に進出すると、朔寧を経て急進してきた第15連隊が、激しい抵抗を受けていた。師団は直ちに統合作戦を要請して、空、地協同作戦を実施し、夕刻までに市辺里周辺を占領した。

市辺里は、38度線の北方32キロに位置する要衝で北鮮軍の重要な拠点であった。これを空爆と支援砲撃、戦車一コ中隊の歩、戦チームで突入し、戦史を飾る完勝であった。

戦車隊長が「米軍歩兵よりも韓軍との協同作戦の方が上手く運ぶ、これならもう大丈夫だ」と、太鼓判を押した。

戦車大隊長ドジャース中佐も「他の連隊とは厭だが12連隊なら夜間作戦も大丈夫」と言って爆笑した。

戦車隊も航空隊も、日が経つにつれて、韓軍を信用するようになり、1週間後の平壌攻略戦では、進んで危険を冒して協力した。

また9月20日に順川周辺に降下した空挺隊とのリンク、アップのときは、戦車隊から協力を求められた。お互いに相手を理解するよう努力した結果、予想外に順調に協同の効果が現れはじめた。

白師団長は、市辺里で状況報告に来た、崔大明少佐に次のことを伝えた。「是非、平壌に一番乗りしたい。功名の為ではない。占領後、北韓の経営を考えるとき韓国の発言権を大きくしたい。また韓軍将兵の願望を叶える為である。平壌攻略、一番乗りの作戦を検討してくれ」と握手して再度「頼んだぞ」と握りしめた。

崔少佐は、嬉しかった。感激した。今も忘れられない。

朔寧への迂回戦法を認められただけでも嬉しかったが、平壌攻略の意見具申までやれと言われた。葉隠れに「士は己を知る者の為に死す」とあるが、その心が通《かよ》った。

白師団長が、先の先まで考えているのに心の底まで感動した。

韓第一師団が市辺里を制圧した頃、米第一騎兵師団は南川（市辺里、北西25キロ）に進出していた。

白師団長は、10月14日に新渓に進出したが、師団が縦隊のままで前進しては、時間がかかる、と作戦会議を招集して、平壌突入戦の概要を検討した。

趙在美連隊長と情報主任呉潤泳大尉も参加した。呉大尉は平壌育ちであり大同江の渡渉箇所を熟知していた。また白師団長も少年時代を平壌で過ごした。

その記憶を纏めると、平壌周辺の兵要地誌が克明に描かれた。

最後に翌15日の行動が論じられ、師団は二縦隊で祥原~栗里の線に進出する。左翼縦隊に第11連隊。主力の前衛は第12連隊と決定した。英語に堪能な金點坤連隊長が、砲兵や戦車隊との協同戦に最適任とされ、今後も兼任する。

次に会議の焦点となったのが、栗里~祥平の線以北を如何に進撃するかであった。第15連隊を、平壌北側に迂回させて、牡丹峰を奪取する。これは、戦術的価値はもとより、戦略上の利点が極めて大きかった。

兵力の分散は危険とする意見もあったが、大局的な観点から押し切った。

15日未明、第11連隊は陵里に、主力は遂安に向け進撃を開始した。

幹線道には、磁気に感応しない「木箱製地雷」が多数発見され、手掘りで除去作業に時間を浪費した。目的地の遂安に到着したのは夕刻であった。

米騎兵師団も黄州に進出したと、連絡が入り、各師団は横一線に並んだ情勢となり、平壌攻略一番槍競争は、最終段階を迎えた。白師団長は、栗里を突破して、第15連隊を大同江北岸に迂回させる決心をした。

その夜、崔大明少佐を呼んで「君の案を採用した。明日は、三登を経て、牡丹峰を奪守しろ」と肩をたたいた。

白将軍の統率は光っていた。先手、先手と方針を示したが、決して権威を盾に命令することはなかった。常に幕僚や指揮官の意見を聞き、示唆を与え、研究させて部下の意見を尊重した。このため、異口同音に「働き甲斐があった」「やる気を起こさせた」と絶賛した。彼の天性と誠実さである。

平壌の市街は、西岸に発達していた。大同江は河巾800メートルの大河で、渡りやすいのは上流で、敵から離れた箇所で渡河するのが原則である。日清戦争が良い例である。朔寧支隊と元山支隊が、相携えて江東まで北上し、第五師団主力が鎮南浦付近で渡渉して、ともに平壌の側背から攻撃している。東岸からは、大島旅団に攻撃させただけであった。平壌の地形がそうさせたのである。この地形は56年間変わっていなかった。

ところが今回は、米第一騎兵師団が全戦力を挙げて、突進中であり、下流からの攻撃計画はないと連絡を受けた。

白師団が東岸に突進すると、敵の堅陣の正面攻撃となり、不利な戦闘となる。

18日の戦闘は、一段と激しくなった。平壌に近づくにつれ敵の抵抗も激しい。祥原南側では、初めての戦車戦となり、被害も続出した。戦車隊が先頭で奮戦したが、敵陣前面の小川が崖になっており、橋は破壊されて、渡渉ができない。対戦車地雷も埋設してあり、砲兵の一斉射も効果が挙がらない。白師団長が些細に偵察すると、これまでの北鮮軍の陣地配備と異なることに気付いた。

ソ連軍の陣地を見習ったようである。

ソ連がノモンハンで構築していた陣地を思い出した。縦深《じゅうしん》陣地と火網の交錯である。この陣地は夜襲が効果的だと思い、至急各部隊長を集めて、構想を説明した。

将兵は疲れていたが大同橋まで残り20キロと、士気を鼓舞した。

ところが、第6戦車大隊長ドジャーズ中佐が異を唱えた。「明朝の攻撃」を主張した。この大隊長は頑固者だった。この様子に、ヘニング大佐がドジャーズ中佐を、たしなめた。「師団長の方針に、支援部隊は全力を尽くせ。戦車も最善の努力で協力するんだ。それが米軍の精神だ」と叱った。ヘニング大佐は、士官学校時代の教官で、旧知の仲だった。ドジャーズ中佐も直ぐに翻意して、夜襲を積極的に支援した。「米軍にも立派な軍人がいる」と、感心した。

夜襲は成功した。楓洞を突破すると、戦車隊に最適な地形が拡がっていた。師団も全車両を動員して快進撃を続けた。昼近くになって、旧日本軍の兵営跡から、集中砲火を浴びた。この時機は、常時滞空している米軍観測機との協同連携で、砲兵の直接支援が効果的であった。

白師団は「騎兵師団に遅れをとるな」との執念で「無我夢中」で、前進を続けた。二コ連隊併列で進撃したが、改めて主攻は第12連隊で大同橋へ、第11連隊は飛行場制圧と決した。

また、平壌突入後は「史蹟の保存」に留意するよう示達した。総攻撃が開始された。先頭爆撃編隊の空爆が終わると、砲兵の54門の一斉砲撃が開始され、42両の戦車大隊が驀進した。

一番槍の競争は激しかった。他の師団とも争ったが、師団内の各部隊とも競った。功名心もさりながら、負けられない一心であった。北朝鮮の将来を左右する重要な戦闘であった。市街戦は、東平壌の街外れから開始された。

まもなく、師団主力も追いついて、本格的な歩、戦、砲、工、空の協同作戦となった。

各種、地雷が至る処《ところ》に敷設されており、負傷者が続出した。石参謀長も重傷を負った。歩兵と工兵が、戦車を掩護《えんご》して前進した。地雷原を突破すると、戦車を先頭に敗残兵を掃討して前進した。大同橋と大同門が、平壌の象徴であり、歴史的な遺跡であった。白師団は武運に恵まれていた。舞台が最高であった。戦車を先頭に、数百、数千の将兵が、陸続として平壌市街を進撃する光景は、壮観であった。市民が街角に立って笑顔で迎えたのが印象的であった。大同江西岸、江西に迂回した第15連隊もやがて主力に追いつき、併行して前進した。全将兵が横綱になった気分であった。鎧袖《がいしゅう》一触《いっしょく》、敵を撃滅しての進軍であった。大同橋を渡ったのは、お昼前であった。

白師団長は、射撃を中止させた。大同門も浮碧楼も昔のままの姿で迎えてくれた。

第七師団の先遣、第8連隊も平壌北郊から進撃して来た。

10月19日、平壌攻略戦は終わった。市民は熱狂的に歓迎した。教会の鐘は平和の到来を告げていた。狂信的な抵抗も、謀略もなかった。

一方、米第一騎兵師団も第5騎兵連隊を先頭に、平壌一番乗りを目指した。

この師団は、米陸軍で最古参の師団であった。第二次大戦では、マニラ奪還で名を挙げ、東京進駐の栄誉を与えられた師団であったが、京城奪還の栄冠は海兵師団に奪われたので「平壌」だけは絶対に自分達での自負があった。

ゲイ師団長の意気込みは、すざましく常に先頭車両で突進を督励した。前衛が第5騎兵連隊長コロムベス大佐で、勇猛で鳴らしていた。この隊は、戊辰川の防衛線で抵抗する北鮮軍を撃破し、11時平壌の南端に辿りついた。このとき最先鋒と信じていた。東北方では激しい砲爆音が轟いている。隣接の韓第一師団は、激しい抵抗で遅れていると判断して、一挙に河を越えて鉄橋を渡り、西平壌に進攻したところ、目前で鉄橋が爆破されてしまった。

改めて、渡渉点を求めて堤防沿いに北上していると、韓第一師団と鉢合わせしてしまった。コロムベス大佐は、言葉もなく立ちすくんでしまった。

翌、20日早朝、連絡をうけて、白師団長が大同橋で待機していると、ミヨーバン軍団長とゲイ師団長が笑顔で現れた。

白師団長は、ミヨーバン軍団長と抱き合って、涙がとめどなく流れた。ゲイ師団長も快挙を讃え、握手して武運を祝した。

韓第一師団の将兵が、民族の誇りをかけて、一番乗りを果たしたことは、韓民族の希望の灯として、この栄誉、この壮快、これに過ぐるものはない。

思えば、故郷を想うことでは人後に落ちない。1人の青年が、故郷平壌の息苦しさ、赤色社会の矛盾に耐えられず、自由の空気を求めて南を目指して、風呂敷包み一つで旅立ったのは、5年前であった。一介の青年が、いま師団長として故郷を歴史的に解放したのである。

平壌一番槍について、ミヨーバン軍団長が、韓第一師団の突進を抑制することは、いつでも可能であった。米第5騎兵連隊に一番乗りの栄誉を与えることも十分に考えられた。それでも不服を言える立場ではない。戦場での主導権は米軍が握っていた。

米騎兵師団は、面子《めんつ》にかけて「平壌一番乗り」を豪語していた。

ミヨーバン軍団長の戦場統帥は公正無私であった。ミヨーバン軍団長は、1914年にウエスト・ポイントを卒業した生粋の軍人で、アイゼンハワーやブラッドレー将軍の1期先輩である。第二次大戦では、第二十一軍団長として、スラスブルグ、アルサスの他、ローレン地方に転戦して、米軍団とドゴール将軍の仏軍を併せて指揮した経験がある。

隣接師団の米第一騎兵師団長ロバート・ゲイ将軍も立派であった。彼はパットン将軍の米第三軍団、参謀長として、名機甲科戦術家であった。闘志、勇気、敏速性、協調性の多くを経験し、体得していた。

10月20日、平壌の完全制圧は終了したが、ゆっくりする暇はなかった。

鴨緑江への進撃が大目標である。この日、米空挺部隊が、粛川と順川に降下した。米第二十四師団は粛川へ、ドジャース戦車大隊は韓第12連隊車両部隊とともに順川に急行した。

鴨緑江への競争が始まった。米第一軍団と韓第二軍団は併列して、10月22日から24日にかけて、清川江を越えた。

24日にマ元帥が「総追撃命令」を発令に平壌に飛来した。中国防長官、丁総長、白仁燁情報局長の一行は、前日に飛来して、祝賀会を準備した。

白第一師団長は、平壌の市中警備と市民大会を組織して盛況を期した。

権威と権力に盲従することを強いられていた市民は、民主的で創造的な新しい指導者に戸惑いながらも自然発生的に熱狂して、忽ち数万の民衆に膨らんだ。

24日9時に、平壌飛行場に降り立った李大統領は、数万の民衆に抱負を述べて上機嫌であった。一行は1泊しただけで翌日は飛び立った。慌ただしい祝賀行事となった。戦火の途中での一服であった。

中共軍の介入

このとき、陸本の白情報局長は胸騒ぎを感じていた。それは中共軍の動向であった。全力を挙げて情報収集に努めた。絶えず第一線に飛んで、中共軍の介入に全神経を張り廻らせた。

既に「中共軍の動向について」は、丁総長に提出していた。中国防長官に、「デマを飛ばす気か」と一蹴され、丁総長からは「今更、ないと思う、米軍の専門家の判断だ、取り越し苦労だと思うが、懸念があるなら暫く観察してくれ」と了解した。

鴨緑江を目指す各軍団は中共軍の介入に無関心で、猛進を続けていた。

丁総長は、後に「常に、心の一隅では、万一の事案を考えていた。旧満州には、100万を越える朝鮮民族が居住していた。これは何時でも投入可能である。顧問のハウスマンとは、このことで話したことがある」と語った。

米第八軍団長ウォーカーは全く考慮外であった。自分で確認する以外は信用しなかった。人間の先入観は恐ろしい。特に外国人には理解できなかった。この当時、韓国の常識は、清川江の線を追撃戦の一結節としか考えていなかった。

10月1日の周恩来首相の声明と中共軍の動向、台湾筋からの情報や韓国の特殊情報機関員からの情報を綜合すると、このまま進撃を続けるのは危険というサインはあった。

ウォーカーには、陸本から「現戦線での態勢整理と敵情確認」を提案したがその度に「中共軍の介入は、既に時機を失している」と一蹴された。

ハウスマンが「鴨緑江沿いの中共軍の動向を察知したのは、9月の終わりからであったが、国境警備隊の移動」が大勢を占め、顧問団長ファロー准将も「中共軍の満州移動は根拠が曖昧だ」と信用していない。

ハウスマンは団長は否定していたが、絶えず一抹の不安が心に残っていた。

この危惧が現実となったのは、韓第二軍団指令部が、谷山から成川に進出したとき、第六師団から電報が届いた。「熙川に突入した第7連隊が、中共の大軍と接触中」と驚くべき内容であった。

第7連隊長林富澤大佐が、激しい敵の抵抗を排除して、熙川を奪取したのが10月22

日だったので、中共軍の介入はその直後の23日である。劉戴興軍団長が陸本に急報したが、逆に「その徴候は認められない」であった。米軍情報を信じていた。然しその後「中共介入が事実」と判明したときの慌てようには更に驚いた。ウォーカーも、同様であった。青天の霹靂であった。

熙州からの報告は急を告げていた。増援の第六師団長金鐘五准将は敵情を偵察し、軍団長に報告した。「正面の中共軍は四～五コ師団と認められる」であった。

敵の大軍は既に包囲態勢を整えつつある。温井付近の第2連隊も敵の後方遮断の大軍と苦戦中である。第7連隊も桧木洞付近で孤立の危険に曝されていた。大軍が津波のように押し寄せるのが望見されたのだ

劉軍団長は、米空軍に対して、空爆支援を要請して、第六師団長には、万一の場合熙川を放棄して、軍偶里に後退するよう指示した。1日で情勢は急変した。

夕刻、軍司令部に戻ると、2通の命令書である。

一通は、第八軍からで、雲山の現況報告と九龍江地区に新戦線を構成せよと、次は陸本からの人事命令で「参謀次長に転補《てんぽ》する」であった。周りの「おめでとう」で、我に返った。その夜、後任軍団長の白善燁准将に、引き継ぎ、翌朝、連絡機で陸本に出頭した。

然し、清川江正面の前線の情況が心配で気が気でなかった。前線からの報告は、悲観的なものばかりであった。最も不安を募ったのは、中共軍の勢力が定かでなく、運悪く天候不順で、上空からの偵察が不能であった。空爆の効果も不明で、陸本内も暗雲に覆われていた。3日後には、中国防長官と丁総長から「申し訳ないが、再度、軍団長に復帰して、戦線の建て直しを頼む」というものであった。慌てて、軍司令部に復帰し、最前線に飛び出した。この頃、米第八軍は、後方で日本への凱旋《がいせん》を準備していたが、事態の急変で、急遽、第一騎兵師団を雲山の戦線に増援した。

　韓第六師団も崩壊寸前であった。熙川が突破されると雪崩現象が起きる。「緊急空輸する」と、弾薬、燃料、医薬品、糧食等を輸送し、第八師団を増援させて戦線の立て直しを計った。劉軍団長の指示は際立っていた。前線は息を吹き返した。

　他方、白師団長は、日本軍時代に中共軍との戦闘経験があったので、一目見て中共軍と判断して、直ちに報告した。米第一軍団長からは、進撃を継続するよう指示されたが危険だと判断して、補給品、特に弾薬と食糧が欠乏していることを理由に、前進を断った。そして雲山の丘陵地を中心に円型陣地を構築して、防御陣地の強化に努めた。

　空輸部隊は夕刻に到着して、補給も順調に運んだ。この戦術変換は、功を奏した。

数を頼む中共軍も攻めあぐんだ。１週間の激戦にも耐えた。空軍の直援で、中共軍は大損害を被っているのが望見された。

歴史的な撤退

中共軍の大群は、11月1日から再度、攻勢をかけてきた。米第八軍団も逐次圧迫され、後退を余儀なくされて、清川河畔に防御線を構築した。

これで鴨緑江までの韓半島統一の夢は挫折してしまった。

一方、東部海岸の戦線は、豆満江上流までの戡定《かんてい》作戦に入り、治安も安定していた。北鮮の民衆は、権力に盲従することに順応してか、偽政者には協力的であった。

10月10日から1週間で、元山と咸興地区を制圧した韓第一軍団は、第三師団に地域の警備を担当させ、首都師団を豆満江流域に進出させて、下流域の掃討戦を開始した。組織的な抵抗は殆どなく、敗残部隊と保安隊の散発的な討伐で終わった。咸興地区では、1000名を超す集団投降があり、戦いの幕が降りた感じであった。10月末に、内務部長官、趙炳玉が咸興を巡視に訪れた。道庁に市民を集めるよう指示したところ、3時間後には3万人の民衆が集まった。それが整然と列を作って待っていた。零下十数度の雪のちらつく日であった。

頭巾をかぶり、オーバーを着て、整列していた。共産主義者は5年の間に民衆をこまで纏めていたと思うと慄然とした。

今後の行政をどうするか、自由主義と民主的態勢の施策について如何に調和を図るか、戸惑った。

米軍は占領地域を軍政下においたが、軍政官という将校、数人で「自由」とか「民主」を説いても空念仏《からねんぶつ》であった。彼等は共産主義に対して無智であり、行政についても有能ではなかった。政治、思想に無能だった。

韓軍も同様で、軍事一点張りであり、軍事的成果を政治的に利用する策や手段に乏しく、具体的な施政に無策であった。

北鮮軍は韓国を侵略すると、人民委員が占領地に「人民政権」を設置して、検察制度を張り廻らして、土地を配分し、代償に穀物を供出させる体制を造りあげた。北鮮軍は軍事上の成果を、直ちに政治的効果に仕上げる術を考案し、堅実に実行していた。

韓軍が、鴨緑江の線まで占領、制圧しても、戦争には勝利しても、政治的に勝利を得るということは疑問であった。

11月5日、西部戦線の米第八軍は、中共軍の一大攻勢で、清川河畔での防衛戦に追われていた。戦線は膠着状態であった。

東海岸の韓第一軍団の前線は、白岩～富寧（会寧南45キロ）～富居洞の線を確保して、補給待ちの態勢であった。このとき、思わぬ命令に驚いた。「米第十軍団の指揮下に入り、海上撤退せよ」と、11月30日付となっていた。

翌日、韓第三師団は城津港に集結して、乗船した。軍団主力は、米第十軍団の掩護で興南に集結を済ませ、一斉に撤退した。

アーモンド将軍は高い評価を得た。犠牲的精神を遺憾なく発揮した作戦であった。西部戦線の米第八軍とは、対照的であった。この戦線では、米軍が早々に撤退し、戦闘に疲れた韓軍が常に後衛として、殿《しんがり》を務めていた。

東部戦線の撤退部隊は輸送船で2時間後に三陟の北鮮、海軍基地墨湖で配備についた。軍団司令部を江陵に設置して、東海岸の38度線一帯の防衛に当たった。

国連軍が北鮮から撤退するのを機に、北鮮の住民が大挙して、南への移動を希望した。

鎮南浦では軍艦や輸送船の甲板上まで、避難民で群がった。

興南からも、あらゆる艦船に長蛇の列で乗り込んで、満艦飾を呈していた。300万人以上の北鮮の民衆が韓国を目指した。

米軍は「人道主義の現れ」と、自慢した。実情は米軍の放出する洋モクとガム、チョコレート等の宣撫《せんぶ》工作の成果であって、心からの協力は得られなかった。

韓軍の評価は、民衆が明日の自由を信じ、国軍の実力を評価したというものであった。また、これらの民衆を残置すると、北鮮軍に酷い仕打ちが待っているからであった。

この北鮮民衆の大移動は、民主主義に対する憧れと、国連軍に協力したことで受ける報復への恐怖であり、また今後、中共軍の支配下になることの嫌悪と共産主義への絶望があった。かねてから、豊饒《ほうじょう》な南鮮に対する憧憬もあった。然し、300万人という数字は、当時の北鮮の人口の1/4に当たる。祖先の土地、家財、地位を捨てて見知らぬ南鮮への避難は想像を超えた。

共産主義下の北鮮の5年間は、日本の統治時代の37年と比較して、雲泥の差があった。統治時代には、官憲による暴力はあったが、それで終わった。共産主義下では、反対する者は容赦なく、粛清の名のもとに抹殺された。異を唱える者、意に添わぬ者は、いつの間にか消滅していった。言うに言われぬ恐怖が襲い、生きた心地がしなくなった。

10月末、米第八軍が清川河畔で襲撃され、米海兵師団が長津湖畔で包囲されたとの報告を受けたマ元帥は「原爆声明」をトルーマン大統領に要請した。

戦いに勝てば、目標は増大する。敗戦となれば、目標は消滅してしまう。戦いには自ら限界がある。他国を援助するにも限界がある。南進した北鮮軍は撃退され、一掃された。韓国の治安と平和は回復された。この時点で、国連軍が38度線で止まっておれば、この戦いは終了していたのだ。

韓国は北進して「朝鮮半島の統一」を希望し、国連も米国も同意して、政治目的を拡大した。韓国は「何が何でも祖国統一」と考えたが、米国は「ソ連や中共が介入しなければ」の前提があった。然し「中共は既に介入の時機を逸した。周首相の声明は、政治的恫喝にすぎない。万一介入しても空軍力で、容易に撃破できる。本土空襲の危険を冒してまで介入はない」と、判断が甘かった。

米第一軍団と韓第二軍団からなる第八軍は、あわや総崩れの危機に瀕していたが、3日間に亘る米空軍の猛爆と反撃が成功して窮地を救った。

中共軍も戦術変換で、翌6日には正面から姿が消えていた。中共軍の第一次作戦が終わり、再編成と補給が必要となった。

中共と外交関係のあった英国は、この機会を利用して、中共の停戦意志の有無を打診してみたが、無視された。

この時機、ワシントンもマッカーサーも、中共の兵力を過小評価していた。「増援兵力は7万人程度の志願兵または朝鮮人義勇兵」と、見積もっていた。

中共軍介入のショックから立ち直った米軍首脳は、再び「半島の完全統一」の政治目標に戻った。マッカーサーは「クリスマス攻勢」を発令した。クリスマスまでに戦争を終える、ということである。

中共軍も25日に「第二次作戦」を発令した。米軍が7万人と見積もっていた兵力は、実は30コ師団、50万人を超える大兵団であった。後方の満州地区には百万の予備兵力が控えていたのだ。

中共軍の先鋒は、第三十八・四十二軍が満浦鎮で鴨緑江を渡河し、熙川と長津湖方面に、米空軍その他の情報網に察知されることなく移動を完了していた。

続いて、第三十九・四十軍が、10月14日から1週間かけて、新義州で渡河し、山岳地帯の隘路《あいろ》を隠密裏に温井、雲山地域に急行していた。また、20日から3日間で、第一・二機械化砲兵師団が新義州で、渡河し、月末までに第42機械化連隊が続き、第五・八砲兵師団が満浦鎮から渡河予定であった。

当作戦の統轄を林彪将軍の指揮とし、黄永勝将軍が作戦指導の担当で、当世の戦術、戦略の大家が敏腕を振るっていた。

国連軍、米軍が当初見誤っていた兵力は「幻の中共軍」ではなく、実は「雲霞の大群」であり、文字通りの「人海戦術」そのものであった。11月4日には、国連軍、米軍は総退却を開始せざるを得なかった。計画通りの打撃を与えた中共軍は、余勢を駈っての追撃戦には移行せず、11月5日には、一斉に後退して、泰川~雲山~球場洞の線で、次期攻勢の準備を整えた。

中共軍の戦術は、戦場の駆け引きにも長じていたのである。

米第八軍の前線では、雪崩現象が現れた。長津湖地域を確保していた米第一海兵師団は、十~十二コ師団の大軍に完全包囲されていた。然し、マ元帥は撤退を認めない。韓第二軍団司令部を訪れたウォーカー将軍は、劉軍団長に攻撃の続行を指令したが、劉軍団長は「既に前線は浮足立っている。とても無理だ。直ちに後退させないと、支えきれなくなる」と、断った。ウ将軍も「自分もそう思うが、マ元帥が了承しない、困っている」と、涙ぐんだ。気の毒に思った劉将軍は、「貴官は重病だ、私がマ元帥に報告する」と、緊急電を発した。

「軍団は玉砕するか、全軍捕虜の窮地にあり、後退路に血路拓く策あり、空軍の直掩を頼む」と。

これで事態解決の道が拓かれた。兵力の差は防ぎようがなかった。蟻の大軍が至る所から浸透して、退路を遮断し、包囲してきた。頼みは空軍の空からの攻撃であるが、雪雲に覆われ、効果は期待できなかった。

米軍史上、かってない敗北を喫したマ元帥は、平壌～元山の線での防御戦闘も検討したが、中共軍の迂回進出が素早く、間に合わなかった。米第八軍は、一方的に38度線まで、後退するしかなかった。

12月12日までに、38度線の南側に後退した。僅か2週間で、300キロも後退した。有史以来の大退却作戦であった。衝撃を受けたトルーマン大統領は「原爆」の使用をほのめかせて世界を驚かせた。

中共の誤算

また、国家非常事態を宣言したのが12月17日であった。

12月下旬の38度線の防御線は、傷跡も痛々しい米第八軍が、新編の韓第三軍団（李亨根少将の第二・五・九師団）とともに薄弱な防御陣地に頼っていた。辛うじて、優勢な空軍勢力が、中共軍を上空から制圧して、日中の行動を制限していた。

この時機が国連軍にとって、最大の危機であったが、中共軍も兵站が続かなかった。国連は、米国の了解で、インドなどの3人委員会が北京政府に「停戦」を打診した。半島を統一するという目標を変更して、38度線を確保することであった。米国は自信を失っていた。トルーマン大統領とアトリー英首相との会談で「米国は、戦争を拡大しない。完勝を求めない」というものであった。

然し、勝ち誇っていた北京政府の要求は強硬であった。伍修権代表が国連に提出した条件は、

1、　国連軍の即時完全撤退。
2、　台湾への不干渉。
3、　中共の国連への即時加盟。

これは国連に対する無条件降伏の要求であった。

12月末から東部山岳地帯で、浸透がはじまり、38度線全面での「正月攻勢」であった。撤退作戦中に車両事故でウォーカー将軍が死亡した。トラック（十輪車）との衝突であった。退却作戦の狼狽さが伺える。ウォーカー将軍に代ったリッジウェイ将軍は、再び京城を放棄し、米第十軍団を投入して、平沢～堤川～三陟の線、37度線陣地で態勢を立て直した。

1951年1月中旬、中・朝軍は勝利者の立場であった。50数万の大軍が漢江を渡って国連軍と対峙していた。このとき、北京政府が国連の提案「37度線での停戦」に妥協しておれば、後の国際情勢は一変していた。台湾問題も中共の国連加盟も全てが中共側に有利に展開したであろう。韓国自体が現存したかどうかも不明である。38度線の意味は、計り知れない。

中共側の1月17日付の回答は、無条件降伏を要求していた。

1、　交渉した結果で休戦する。

2、交渉開始とともに、国連加盟を認める。
3、交渉参加国はソ・英・米・仏・印度・エジプト・中共とし、場所は中国領内。
朝鮮半島を併呑する意志が明らかであった。武力を背景にした恫喝《どうかつ》であった。彭徳懐義勇軍司令官は「敵は包囲され、殲滅《せんめつ》される」と繰り返し、毛主席に報告していた。過信とは恐ろしい。一カ月前、鴨緑江を目前にした米軍が冒した驕《おご》りを、中共がこの愚を繰り返していたのである。

北京政府首脳の強硬策とは裏腹に、38度線南100キロに進出して攻勢を維持していた中共軍主力にも、戦力の限界が現れはじめた。当時の北京政府の国力では、鴨緑江から460キロも離れた37度線から、更に南進を継続する余力はなかったのである。

厳寒の冬季に、然も被制空権下での、人力と畜力が主体の後方兵站《へいたん》業務は、前線部隊への満足な輸送は不可能であった。

これに対して、国連軍の機動力と火力の集中は、中共軍の人海戦術を消耗させ、疲労を増大させ、攻撃の度に、戦闘を重ねる毎に、耐え難い損害が加速度的に増大した。

また、寒さと飢えと疲労が、戦線全般に伝播して、戦力の限界が現れ、崩壊をはじめた。北京政府の無条件降伏の要求で、北京は停戦の最良の時機を自ら放棄してしまった。

北京は、1951年1月中旬の最大の軍事的成果を、政治的な果実に変えようとしなかった。人の欲望は、際限がないが、このときの北京は、それに似ていた。初めての外征作戦に成功した北京政府は、可能性の計算と妥協点を見失ってしまっていた。

国連軍の諸国と韓国は、この北京の誤算によって救われたのである。

北京政府の要求を米国は蹴った。この要求を飲めば、これまでの軍事的な努力が無に帰すばかりか、第二次大戦で得たアジアでの政治的軍事的成果の一切を失う恐れがあった。北京の過大な要求は、米国の意志を強固にした。軍事力を増強して、戦う決意を改めて確認した。韓国も60万の国民防衛隊を編成して、人的資源の確保に努め、補充組織を画期的に拡大した。済州島に第1訓練所を開設した。旧日本軍の飛行場施設に数百のバラック建てとカマボコ兵舎を開設して、1万人単位の新兵教育所を設置した。各兵科とも8週間の訓練予定であったが、戦況の変転で、短縮して前線に送り出すこともあった。全てが泥縄式であったが、窮地を脱し希望が見えはじめた。

1月25日に国連軍は反撃に転じた。一カ月前の軍事的敗北で、結束が乱れかかっていた参加16カ国は、再び結束を固め、国連は中共を「侵略者」と決める決議を採択した。中・朝軍の「2月攻勢」が頓挫すると、国連軍は再度、京城を奪還し、躊躇なく

38度線を越えて北進を再開した。4月9日であった。

4月11日に突然、マ元帥が罷免された。

ワシントンの政策に反抗する司令官は辞めさせるであった。洋の東西を問わず、司令官は「敵と戦うのに1／3、後方の政府要人との戦いに2／3の労力を要する」と言われる。本国の中央と現地の戦闘集団との意志の疎通は困難である。このとき「停戦構想は秘中の秘」である。「停戦は、あくまでも勝者の立場」で交渉する。マ元帥、罷免の理由を「原爆使用」と「満州爆撃」と、囁かれた。

真実は「完勝」を求めたからである。「中央の意思に従順な司令官に代えた」のである。李大統領は「見るのも気の毒な、落胆」で、憔悴してしまった。

代ったリッジウェイ大将は、忠実にワシントンの政策を実行した。彼は38度線の北側で、防衛戦に最も適した地域。臨津江～華川貯水池～杆城の線と決定した。従来の38度線より北側の20キロの線の確保を命じた。新任の米第八軍司令官バンフリート中将は、京城北側にゴールド、ラインの防衛線を設定し、各師団に周到な陣地構築を命じた。

4月22日に予期していた中・朝軍の一斉攻勢がはじまったが、逆に国連軍が総反撃に出た。中・朝軍は、10日間に亘って攻撃を反覆したが、大損害を受けて撃退された。

ゴールド、ラインを確保したバンフリート将軍の功績は高く評価された。

一カ月後、5月16日に、中、朝軍は東部戦線で攻勢をかけてきた。米第十軍団と韓第三軍団とは、連携、協同して山岳戦で善戦した。来援の米第三師団が敵の後方に迂回して、洪川北側から大関嶺の尾根伝いに捕捉、撃滅した。国連軍の統合火力は、中、朝軍の人海作戦では突破できない障壁であり、機動力と機甲火力は、対抗不能の衝撃力となった。敗走の後には、数万の遺体が放置され、戦力の限界をさらけだしていた。

中、朝軍の5月攻勢を撃退した国連軍は、追撃戦に移り、打撃を加速して、敵の戦意喪失を企図した。停戦交渉に誘う意図であった。効果は現れた。6月23日、ソ連のマリク国連代表が、休戦会談の開催を提唱した。北京は直ちに賛意を表明した。

朝鮮軍事休戦会談が7月10日から、開城で開かれることとなった。

フルシチョフは後日「戦争終結に手間取ったが、中国も大きな打撃を受けた。毛沢東の息子の将軍も空爆で戦死した。科学技術の差であった」と述べている。

米国も「停戦の政策成功」を称賛した。

中共の軍事的能力と政治的政策に、大きな隔たりがあった。敗戦の責任はその後の中共の政治史の中で、彭徳懐や林彪将軍等の中枢のお歴々が粛清されて消え去った。

第5章

停戦

米国の行動は、当事国である韓国には無関係に、米国の一存で進められていった。

1951年6月23日、マリク声明の日に韓国の丁一権参謀総長は、職を李鐘賛少将に譲って、米参謀大学に留学した。

当時の情況は、休戦交渉を望む米国の政策によって、戦線は固定化していた。1年間の戦闘で、心身ともに疲れていた丁総長は、折りよく米参謀大学へ誘われたので、李大統領に願って、バンフリート司令官の了解も得て、首尾よく米国へ飛んだ。

一つには「米国の積極的な休戦交渉の動きと、李大統領の絶対反対の立場」に厭気がしていた。米国側の圧力は、その立場に居た者にしか判らない程、強圧であった。連合作戦とは名ばかりで、立場の違いは著しく、筆舌に尽くし難い気苦労に悩んだ。

衆望を担って、後任の李鐘賛少将（陸士49期）も気苦労が多かった。

「政治的にも信条的にも、休戦会談に反対せざるを得なかった李大統領には、国連側も手古摺った。参謀総長は、政府、軍、国連側との苦情処理機関となって、調整に日夜汗を流すしかなかったのである。

リッジウェイ将軍がマ元帥の後任後は「敵の戦力を撃破することで、地域の占領拡大では無い」で、追撃戦を抑制した。

米国は、韓国にひた隠しにして、停戦の機の熟すのを待っていた。

6月26日16時、金浦に飛来したリッジウェイ大将は、バンフリート司令官とムチオ大使を従えて、大統領府を訪れた。

「ワシントンの指令に従って、マリク提案を受け入れ、休戦交渉に応ずる」と、淡々と伝えた。大統領は終始、不機嫌であった。

大統領は翌日から、会談反対のノロシを国際的な世論に訴えて、反撃を開始した。

第1回の本会議は、1951年7月10日、開城で開かれ、2～3週間で協定が成立するとの観測を裏切り、調印に漕ぎつけたのは、何と、1953年7月27日となった。2年以上もかかった。勝敗のない、引き分けの戦争であったからである。

その後のベトナム戦争の「パリ会談」が4年8カ月を要したのと、同様である。

李大統領が「半島統一、北進」を主張しても、説得しても、米国はソ連に対する配慮と、英国の圧力で、韓国の主張は受け入れなかった。

李大統領は、孤軍奮闘を続けてみたが、空しかった。然し、韓国政府も一体となって反対運動を継続した。１９５３年、アイゼンハワー大統領が、李大統領に談判の書簡を送ったが、韓国の主張が黙殺されても「単独でも北進する」と回答して屈しなかった。結局、停戦会談は成立した。韓国代表は調印しなかった。

李大統領の積極的な「停戦反対闘争」で、韓国は国連から最大限の援助と安全保障の国家利益を得たことは事実であった。

鉄の三角地帯

停戦交渉が進む中で、境界線での小競合《こぜりあ》いは絶えなかった。特に激しかったのが1952年9月からの「鉄の三角地帯」の争奪戦であった。鉄原と金化を底辺とし、平康を頂点とする地域である。

両軍の目標は、金化東北側の陵線一体と鉄原西側の白馬高地であった。韓第二師団の左翼、第32連隊の北方5キロに五聖山1062メートルが屹立《きつりつ》し、南に流れる陵線の南麓《なんろく》に金化があり、この連隊の陣は東南端の539高地一帯に布陣していた。最前線は北方500メートルの陵線で520、540高地が連なっていた。

この線に、中共・第十五軍・第一三三師団の前哨が布陣して、彼我の距離は300メートルと接近していた。

左隣には米第七師団が対峙し、五聖山から続く598高地には、中共、第一三五師団が布陣していた。

敵の前哨線を奪取すれば、主抵抗線が裸になり、敵は後退を余儀なくされる。

米第九軍団長は、これら一連の前哨拠点奪取を命じた。

10月14日、第32連隊長（柳根昌大佐）は、第3大隊を基幹とする四コ中隊と師団砲兵大隊の30分の攻撃準備射撃の後、突入した。成功し、高地群北端のY高地も奪取したが、夜になって猛反撃され、後退した。

翌、15日には、第17連隊、第2大隊が攻撃して、全目標を奪取したが、夜には奪い返された。その後も争奪戦を繰り返した。

10月末、師団長は、第32連隊主力を投入して、この争奪戦を終了させた。師団、情報部長、文重燮中佐の活躍が光った。

2週間の争奪戦に終止符を打ったのは、土工力《どこうりょく》に優れた中共軍の坑道作戦を見抜いた。

旧日本軍時代の戦闘体験が生かされた。1年間の対陣の間に、中共軍が要所に洞窟を構築していたのである。文中佐は、第一線部隊とともに突入して、坑道の入口を発見した。入口は数カ所あったが、中に入るとクモの巣のように張り廻らされていた。

中共軍、二コ師団が交替で防御していた。砲、爆撃がはじまると、洞窟の中に避難し、夜になると逆襲を繰り返していた。

米第七師団は損害が続出して、韓第二師団に防御線を交替して後退した。10月末に韓軍は、重要地形の全てを制圧した。

このときの、第二師団長は姜文奉少将であった。第3中隊長、金容哲中尉は、160名の部下とともに豪雨の中を山頂目指して、岩陰から岩陰へとよじ登った。敵もまさかこの雨の中を襲ってはこないだろうと警戒は手薄であった。

1時間半かけて山頂に辿りつくと、陵線一帯には塹壕《ざんごう》が掘り廻らされており、所々に丸太組みの掩蓋《えんがい》が構築されていた。数カ月はかかる堅固な陣地であった。陵線は周囲1キロ余りの摺鉢形で、険しい岩石が重なり、中央は2~300メートルの凹地である。雨の中を塹壕の中を注視すると数人の人影がある。

各小隊長に命じて、塹壕内を捜索すると、20名の中共兵を捕虜にした後、一コ分隊に護衛させて、大隊本部に下山させた。金中隊長は、無線で大隊長に、これまでの経過を報告した後、各小隊長には、厳戒態勢で休憩を指示した。

金中隊長も数名の兵に囲まれ、陵線の一番高い掩待壕で、乾パンを噛っていると、突然北側の陵線から人声がする、小雨の中を中共兵である。喋りながら側道を降りてゆく、その数200余名、迫撃砲や重機を担いでいる者もいる。咄嗟に身を屈《かが》めて「暫く様子を見よう」と、部下に合図を送った。敵との距離は10メートルと離れていない。4～5メートル下の陵線を下ってゆく、そして50メートル下の凹地で輪を作り、装備を降ろして休憩をはじめた。

金中隊長は、無線係を呼ぶと、再度、情況を大隊長に緊急報告をした。10分後には、下の陵線からも声がして、300名余りの部隊が登って来て、凹地に集結している。無反動砲や重迫も数門担いでいる。その後に弾薬箱を50コ余り引き上げている。一コ大隊を超える部隊である。慌てて大隊長に追加報告をした。大隊長からは折り返し「主力で増援する。攻撃は到着するまで待機せよ」であった。

金中隊長は、吾々には自動小銃4挺の他はカービンとライフルそれに手榴弾が1人2発ずつしかない。迫撃砲も機銃もない。大隊主力が到着するまで待つしかない。この小雨の中では、到着まで1時間はかかる、それまで腹ごしらえだと、残りの乾パンと缶詰を開けて食べた。周りの部下も不安そうに、中隊長の動作を伺っている。

金中隊長は、4名の小隊長を集めて、細部調整をした。敵を捕虜にする場合、欺瞞行為が多いので、単独行動を避け細心の注意で「確実な相互掩護《そうごえんご》でフォローせよ」と指示し、暫くして雨が止み、薄陽《うすび》が差しはじめると「敵の将校と兵2名が登って来ます」と報告が届いた。金中隊長は、中国語が話せる伍長を招いて、塹壕の端で敵兵を停めて「お前達を包囲した。死を選ぶか、捕虜になるか?」と告げると、敵の将校は

「自分の一存では決められない。10分間だけ待ってくれ」と言う。金中隊長は「10分間待つ、その後は攻撃する」と、兵2名を拘束して、将校を解放した。連絡将校が視界から消えた途端に、北側の陵線から、機銃弾が飛んで来た。岩石に当たって跳ねて、蜂が飛んでいるようだ。まもなく迫撃砲がヒュル、ヒュルと落下しだした。頭上を越えて、下の凹地に落下して、同志撃ちを演じている。

大隊長に、交戦がはじまったことを連絡すると「十分後に到着予定、敵を南北から挟撃する」と届いた。5分間程で迫撃砲は止んだが、次は手榴弾が降って来た。50メートル位の距離から投げてくる。そのうち、眼下の敵が陵線に出没して、肉薄攻撃をしかけてくる。友軍は弾薬が欠乏してきた。

救援の本隊も敵と遭遇戦を展開しているらしい、銃撃戦の音が響いてくる。

突然「敵兵が手を挙げて、降りてきます」と部下が叫んだ。眼を凝らすと、10名程の敵兵が、両手を挙げて降りてくる。「銃を投げ出せ、撃つぞ」と、足元に2~3発、発射すると、慌てて銃を投げて、両手を頭の上に組んだ。「よし、そのまま一列縦隊で降りて来い」と、指示して、金中隊長と下士官が塹壕《ざんごう》から身を乗り出した途端、北側陵線から、機銃の一斉射がはじまった。十数メートルまで来ていた捕虜、数人が渚倒された。

金中隊長は咄嗟に塹壕に飛び込んで、危機を逃れた。数メートル離れていた下士官も無事であった。2人は顔を見合わせて、鉄帽をかぶり直した。7〜8名の捕虜達が、負傷した仲間を抱えて、塹壕に辿りついた。頭上からの銃声が鳴り止むと、下方の陵線からも敵兵が匐《は》い出て来る。銃を携えている者と、手ぶらの者も居る。一様に必死の形相である。「銃は放棄して来い。武器を持っている者は撃つぞ」と、連呼して、数人の部下が、塹壕に誘導した。瞬く間に、捕虜で充満してきた。

金中隊長は、陵線北側の敵を排除しようと、一コ小隊を率いて先頭に立ったが、山頂付近は靄に霞んで定かでない。金中隊長は音を立てないように指示して、奪った短機関銃を手にしていた。両側には、銃剣を持った下士官2人が掩護していた。

数十メートル下方では、銃声が一段と激しくなった。本隊が到着して、敵を下方から追い上げているようだ。突然、後方から「中隊長、中隊長」と低い声が届いた。前進を止めて、50メートル程、後退すると、留守を任せた崔少尉が、無線兵とともに息を切らせている「大隊長が、中隊長と連絡をとりたいとのことです」と受話器を差し出した。

大隊長は「予定地域に到着したが、この霧で確認が遅れている。今、暫く待て」であった。金中隊長は「既に200余名の捕虜を確保したことと、弾薬の緊急補給を要請」し、衛生班の同道も依頼した。

金中隊長が先端陣地に復帰したとき、眼前の岩陰から数名の敵兵が突如出現した。金中隊長の短機関銃が火を吐いた。十数発の連射で全員が倒れ、呻いている。敵兵を飛び越えて、先を見透《みとお》すと凹地があり数名の人影が動いている。肩の手榴弾を1個手にすると、安全ピンを抜いてころころと転がした。2人の下士官も銃剣を構えている。轟音とともに飛び込むと、数名の敵が倒れ、奥の敵は手を挙げている。殆どが将校であった。年輩の1人は少佐であった。素早く武器を取りあげ「貴隊は完全に包囲された。全員、投降せよ」と、告げると「分かった。指示どおりにする」と、応えた。早速、大隊長に「敵の大隊長を捕えた」と連絡すると「現状を維持せよ。急行する」と、届いた。

金中隊長は、一コ分隊で捕虜を下方へ誘導させて、自ら岩山の頂上へ他の二コ分隊を率いて前進した。10分程で頂上へ達した。

50メートル程の頂上には、塹壕が掘られてあり、重機2挺が弾薬と共に放置されていた。陵線沿いに見下ろして驚いた。敵が1列縦隊で登って来る。約一コ中隊で迫撃砲や無反動砲も担いでいる。後方で待機中の一コ小隊に、増援を命じ、満を持して待ち伏せた。敵の先鋒部隊が50メートル以内に接近して、前後から挟撃した。敵は、パニック状態に陥り、崖を乗り越えて前後、左右に脱出を試みた。それを狙い撃ちにした。

この状況を見ていた金中隊長は、「今のうちに武器、弾薬を集めろ」と、命じて、多数を奪取した。その中には、食料等の梱包も数個あり、特に飲料水が有難かった。

頂上へ引き返すと、李少尉が笑顔で待っており本隊が合流して食料が届いたと、缶詰や乾パン、蜜柑1箱を囲んでいた。

「そいつは有難い。一息入れよう」と、蜜柑を食べていると、無線兵から「大隊長です」と、受話器を渡された。

「山頂に二コ小隊、増援する。捕虜は逐次、後送している。暫く現状を維持する」と、伝えてきた。

その後、先端の塹壕の分隊長から「敵兵が白旗を掲げて登って来ます」と、報告があった。李小隊長と現場に急行すると、100メートル下方から一コ中隊程度の部隊が、白旗を先頭に登って来る。銃は所持していないようである。「油断するな、欺瞞かも知れん―「10メートル以内には近づけるな」と、敵兵の様子を伺った。敵兵の縦隊を、一旦、停止させた後、5名1組で手を頭の上に乗せさせて、逐次、投降を許した。投降した者は、武装解除後、下方の本部に誘導した。10組ぐらいを送り出した直後のことであった。次の5人が列を作って近づいたとき、隠し持っていた手榴弾2〜3発を投げてきた。

金中隊長は、部下の「危ない」の声に振り向くと、転がって来る黒い物体を認め、咄嗟に伏せたが、間に合わなかった。身体が轟音とともに2度、浮き上がるのを感じた。

何も分からなくなった。何時間経ったのか、気が付いたのは野戦病院のベッドの上であった。軍医が「この傷で、良く一命をとり止めた。驚いたよ」が、最初の言葉だった。負傷後、丸1日が経過していた。

手榴弾の破片は、全身十数カ所に喰い込んでいた。軍医が丹念に摘出したが、数カ所は摘出不能でそのままとなった。京城の病院で3カ月の治療後、半年間のリハビリ訓練で、原隊に復帰した。

独立記念日に、第二師団長姜文奉少将から、花郎金星勲章と、米軍から銀星勲章が贈られ、大尉に昇進した。

停戦協定締結は、1953年7月27日であったが、その後も境界線の越境は絶えず繰り返され、流血事件が頻発した。

除隊

また、1974年末と75年3月に発見されたトンネル事件や、北鮮軍、特殊部隊による大統領官邸襲撃未遂事件は、北朝鮮には停戦協定を尊重する意志のないことを証明している。

金容哲大尉は、師団に復帰後は司令部勤務となったが、前線の連隊との連絡業務が主体で、傷痍の身体には無理が重なり、体調不全で軍務に支障を生じて、願い出て、済州島の新兵訓練所の教官として赴任した。

然し、教育隊の軍事訓練は「己れが見本」であり「模範」を示さなければならず、悶々の日が続いた。教育する立場の者が、己れの身体の不自由を理由に、十分な「範」を示すことの不可能なことを悟り、2年余りで軍隊と縁を切ることを決意した。7年間の軍隊生活を通し、その殆どが作戦の連続で、銃火の中の生活に忙殺された。この間、尊敬する先輩、得難い良き同僚、信頼できる部下に恵まれたが、その大半の方々《かたがた》は今はいない。志半ばで国家に殉じた。この戦いで、幾十万の戦友が倒れたか、何百万人の非戦闘員が犠牲になったか、実に罪深い戦いであった。その罪の重さと傷跡は、朝鮮半島の歴史に、かってない計り知れない悔恨を残したのである。

金容哲氏は、軍隊を去るに当たって、感謝だけで悔いは残らなかった。名誉の負傷で、体に一部、不自由は残ったが、終身恩給が支給されることになり生活に不安はなかった。

その後は、群山高等学校の配属将校の職を得て、結婚し、2男、3女に恵まれた。

全州南公立中学校

長男は日本に居住し、現在、東京でＩＴの仕事を経営し、次男は陸軍に籍を置き、娘達も米国に留学して、それぞれ家庭を構えている。教育費も補助され、現在、孫が10人いて、夫婦は京畿道高陽市に居を構え、年に数回、大好きな訪日で、旧友に再会できて感謝している。

十数年前に、全州に立ち寄った際に、何気なく、旧全州南公立中学校を回想して、寄り道したところ、校門前で数人の日本人が写真を撮っているのに遭遇した。事情を聴くと、全中の卒業生ということで、奇遇を喜んだ。

それが縁となって、平成12年秋の品川、パレスホテルでの同窓会へ発展した。
今更ながら、金容哲氏の波瀾万丈の人生を回想するとき、その非凡さに敬意を表す。また、彼の最大の功績は、百済王陵墓を、朴大統領に直訴して、300年間、延長できたと誇らしげに言っていた。

余談となるが、白善燁大将が、1958年5月、参謀総長の職に、2回目の赴任をした後、渡米した折りに、ニューヨークに滞在していたマッカーサーに再会する機会があり、次のような会話をした。

「君のところの大統領の頭は大丈夫か。米国のトルーマンは狂ってしまって、休戦をしてしまった。私の主張どおり鴨緑江まで制圧すれば、半島統一はできた。北は再び南進する。北の交通、通信情報に注意を怠らないことだ。細心の注意で監視することだ。君に助言したいのは日本軍の山下将軍のマレー作戦を十分に研究することだ。あの作戦は素晴らしい。あれ以上の戦史は存在しない」

結論として「共産主義者との協定を信用してはならない。戦力不足で休戦しただけだ。戦力を蓄えると、必ず南下してくる。次回の侵攻は、前回とは異なり、山下将軍の要領で、奇襲と一点突破で、一挙に釜山に到達する戦術をとる。絶対に奇襲を許さない防衛戦の構築が最も重要である」

「鴨緑江の線を確保するまで、何十年、何百年と緊張状態は続く、油断なきよう」

これが最後の言葉となった。

日本にとっても百年前も、百年後も、アジア大陸との戦略限界線は、「鴨緑江」であることを、地勢学的に認識しなければならないのも現実である。

ドイツ人は利口だから、ベルリンの壁は自らの手で除去したが、北朝鮮の国民がいつの日か、板門店の鉄鎖を解放しない限り、半島に春は訪れない。

マ元帥の言葉は、運命的な表現である。

絆の復活

金容哲氏との会話の中で、日本人に対する疑問は、国民や世論の自衛隊に対する感情や感覚的な「反軍感情」であった。

韓国では、国軍に対する感情は、戦争中の日本と同様で、最高の信頼と好意で結ばれ、接している。また徴兵令で、国民の義務でもあり、自覚と認識が徹底している。日本で感じるのは、自衛隊を「色眼鏡」で見ていると映って仕方がない。

この件については、筆者は幾度となく、その原因が、戦後の東京裁判に起因するもので、米国や世論が「満州事変」や「支那事変」その後の「大東亜戦争」は、日本の軍閥によるもので、その元凶《げんきょう》は陸軍によるものである。と、結論づけられ、関係者が処断された。「戦後の苦難は、その責任の全てが軍閥によるものである」とした世論で構成され、反軍が正義で、軍は「悪」の代名詞となった。何回も説明を繰り返して、金氏もようやく納得した。

この点が理解されるのには、2年以上の日時を要した。この間、金氏は逆に「旧日本軍からの恩恵」を、繰り返し口にした。

陸士、入校と同時に「体罰」は、日常茶飯事であった。「ビンタ」と称して、旧日本軍の用語が、そのままま かり通った。

規律違反はじめ、点呼や集合時間に遅れると、廊下に立たされたり、腕立て伏せから、営庭1周、乾布摩擦、全体責任まで軍隊用語が使われ、起床、点呼、整列、番号の号令まで、日本語を常用し、実践され、踏襲された。

「米軍の教範」より、日本軍の「歩兵操典」と「作戦要務令」「作戦綱領」「幕僚諸元」が重用された。作戦中の「無断退却」や「敗走」は「敵前逃亡」の罪で、直ちに処刑された。

数多くの将校、下士官が被害者となった。

その数は、1000名を超えた。

これは、日本の「軍人勅諭」の影響で、米軍には理解し難い行為であったようだ。然し、この効果で韓国軍は見違えるように成長し、強力な組織に脱皮していった。

軍隊用語も当初は、全て日本語が用いられていた。戦闘要領や作戦指導も「米軍式」より「日本軍式」の方が簡易であり、重用されて、米軍顧問を戸惑わせていた。

先輩の将校達は、南方戦線で米豪軍と度重なる戦闘を体験しており、その結果、米軍が優勢なのは、火力量と物量戦に圧倒されただけで、作戦指導や戦闘では、日本軍の方が優っていたと、顧問に抗議する将校もいた。

米軍は、日本軍と比較されるのが、最も弱点のようで、弁解にしどろもどろであった。

日本軍は物資や資材を貴重品として扱うが、米軍は全て消耗品としての感覚しかなく、取扱いも粗雑で、韓国軍は混乱することが多々あった。

結果論であるが、米軍式戦闘方法は多額の戦費の裏付けが必要であり、予算が嵩むということである。

実践的には、日本軍式の方が現実的であるという原則に変化はなかった。

米軍の顧問団は、将校、下士官とも全員白人であったが、前線に派遣されてくる戦闘員の7割は黒人兵であった。

白人は威張り散らし贅沢三昧、遊興は達人であるが、戦闘は苦手で後方ばかりで、前線には出たがらない。

米軍将校は敵に包囲され退路を断たれると、指揮官以下降服の道を選ぶが、旧日本軍では到底、思いもよらぬ行動であった。

日本軍を体験した韓国軍の将校、下士官は、殆ど北鮮軍に投降した者はいない。死を覚悟しての戦闘だけに、敢闘精神はすこぶる旺盛であった。この点は、米軍も一目置いていたようである。

この「精神要素の涵養」こそは、日本軍の置土産であった。

装備品や補給品にしても、米軍用より日本製の方が人気があった。給養《きゅうよう》も米軍食より「乾パン」や「缶詰飯」「サバ、イワシの缶詰」「佃煮」それに和製の「キムチ缶」「ハム、ソーセージ等」は圧倒的な人気で好評である。

戦闘方法も、南方戦線で米軍や豪州軍との戦闘法を習熟した先輩たちは、陣地配備や戦闘方法、特に「挺身斬込み」や「肉弾戦闘」は、眼を見張るものがあった。

特に、北鮮軍、南侵1週間後、T—34戦車に対する対戦車手段が皆無であった機《とき》南方戦線で体得したTNT爆薬や手榴弾による、エンジン室破壊や擱坐《かくざ》、その他の捕獲法等で戦果を挙げたのは、旧日本軍の体験者であった。或る日本軍の戦車兵出身の下士官は、T—34戦車を捕獲後、部下数名を即成の教育で、敵の戦車隊を待伏せて、先頭車両を撤甲弾で破壊して、北鮮軍を敗走させ、米軍から銀星章を貰った猛者《もさ》もいた。

北鮮軍も同様で、強力な部隊には、必ず日本軍経験の将校、下士官が在籍していた。

南、北の軍隊の日本軍経験者によって、質実剛健の気風と「撃ちてし止まん」の滅私奉公型の「武士道」が育つこととなった。

8月末に、洛東江の最終防衛線で、ウォーカーが、第八軍の「日本撤退」を口に出した機、期せずして「日本軍の三コ師団が来援」との風評が流れて「全軍を勇気づけた」時機があったという。

この時機に、いみじくも「警察予備隊」が創設され「無武装」「無抵抗」「無責任」思想が、米国はもとより、日本国内の有識者層から「ユートピア構想」は夢消した時機と合致する。

朝鮮戦争の逼迫性と緊急性が「戦争特需」を日本経済にもたらし、景気を浮揚し産業界を復活させた。

重工業生産施設が息を吹き返し，鉄鉱、造船、重機がフル稼働を余儀なくされ、特に軍用車両の特需が、自動車、電機業界を蘇生させたのである。その効果は計り知れないものがあった。

「竹の子生活」であった日本経済が、またたく間に欧米の近代技術を導入して、オート三輪からトヨペットそしてプリンスへと脱皮していった。

電気洗濯機、冷蔵庫とともに、テレビが実用化され、一般家庭に普及をはじめると、急速な経済発展の波がうねりはじめた。

昭和27年4月に、米国の日本統治が終わると、政財界が一斉に海外に着目し、敗戦の混乱期、困窮経済からの脱却を目指した。

米国、欧州からの先端技術の獲得を最優先して、技術提携や新分野の開発が焦眉の急となった。

産業界は競って、関係者を海外に派遣して、輸出主導の経済発展を図り、外貨獲得を至上命題とした。

この時期、航空機産業が解禁となった。

素地が温存されていたということは有難い。数年を経ずして復活した。零戦を設計した、堀越二郎。隼を設計した大田稔。飛燕を設計した土井武夫。紫電改を設計した菊地静男。A―26の開発に携わった木村秀政の面々を一堂に集めて、国産旅客機、YS―11の開発に乗り出した。

昭和26年「サンフランシスコ講和会議」が開催され、国連加盟が認められ、名実ともに独立国家としての第一歩をスタートさせた。

北鮮軍の南侵が、日本の戦後復興に予想外の経済効果をもたらし、飛躍的に発展する端緒となったのは事実であった。

終戦直後の日本の主要都市は廃墟の中からのスタートとなり、戦災都市には戦災孤児や浮浪者が巷に溢れ、外地から命からがらの引揚者が仮住まいや施設を右往左往して、ささやかな配給品に長い列を作っていた。

人々はただ、その日、その日を如何に生きるかを模索した時代であった。

昭和天皇が、全国の戦災地を行幸して、国民を励まされた時代でもあった。

陛下も地下足袋やゴム長で、皇后様もモンペ姿であったのが印象的である。

当時、中学生であったが、市内の高等学校、専門学校、中学校は、郊外の旧兵営跡に通った。バラックの校舎が建つのは2年後のことであった。

闇市がそこかしこに、急造のバラックとともに乱立しはじめ、特に港湾周辺では、密貿易や密航の全盛期で、南西諸島から沖縄を経て台湾や香港へ、昼夜の別なく、出入船で賑わっていた。

主要な取引品は、黒砂糖はじめ米軍物資であった。その中には洋酒、食料品、医薬品まで多種多様であった。

昼間は漁船に偽装し、海上保安庁や米軍警備艇を欺瞞して、暗くなってから島伝いに目的地を目指すのであった。

この頃の鹿児島港の界隈には、関西方面から多数のブローカーや得体の知れない風体の男達がうろつき、夜の女達が薄暗い街角に立っていた。

地元のヤクザと流れ者の刃傷《にんじょう》沙汰が絶えず、米軍のMPと日本の警官が一緒に街を巡回し、交通整理も肩を並べていた。

防空壕の中から、死体が掘り出される時代であった。

昭和7年の上海事変の時代までは、トラックはもとより乗用車のエンジンは全て西欧諸国からの輸入に頼っていたが、数年を経ず自動車はじめ航空機のエンジン全てを国産で賄えるまでに成長して、昭和15年には、世界一の戦闘機、零戦を完成させた。

満州事変、支那事変、引き続いて大東亜戦争という国家総力戦の時代に突入してしまう。国家主義の大波の奔流に、一億国民が翻弄され、敗戦を迎える。生活環境が一八〇度の転換を余儀なくされ、直面する緊急の生活課題を、どう乗り切るかに腐心していた。

GHQの統治下で、政治、経済、司法、教育文化はじめ、社会制度の全てが、変換してしまった。

日本人としてのアイデンティティが確立するまでには、多くの時間を要した。

頑固者では第一人者の「哲の人」マ元帥を進駐早々に、日本再発見でうならせたのが「戦争責任の全ては私だ。戦争裁判にかけなさい」と主張した昭和天皇であった。

次が歯に衣を着せない「ケンブリッジの異端児でプリンシプルな、従順ならざる男」と煙たがられ、異彩を放った白洲次郎だった。

1961年に入って、朴政権が誕生すると金鐘泌首相は早々に来日して、諸々の懸案を妥結して日韓基本条約を締結した。

条約の内容は、経済協力が主体で有償無償を合わせて5億ドル、民間融資が1億ドルで計6億ドルが経済支援の骨子であった。

当時の日本の総外貨高が9億ドルの時代であった。時の経企庁長官宮澤喜一が、「朴大統領は日本から根こそぎ金を持ち出すのか……」と、怒ったという逸話がある。

然し、韓国経済は立ち直り、奇績の復興を成し遂げる基礎を確立するのである。韓国の社会経済的インフラは、日本と密接な相関関係にあり、資金面でも経済発展を計ることとなり拍車がかかるのであった。

これを契機に、東アジアの経済は、日本が主導的な立場を築くこととなる。

朴大統領の経済開発政策を裏面から進言し、支援したのが、終戦時、関東軍の先輩であり、知恵袋の瀬島竜三である。1986年のアジア大会、続く1988年のソウル、オリンピックで先進国の仲間入りとなった。

終戦前の中学に入って間もない頃、書籍購入に全州府の大正町にあった大正堂に立ち寄ったところ、金川君と出会い、帰路、彼の官舎に誘われ、おやつの馳走になったことがあった。

その折り、床ノ間一杯に飾ってあった陳列物が格段に立派であることに気付いた。白磁青磁の他、書画骨董が、産業奨励館等にある物とは、異質であることが、すぐに判った。彼に「素晴らしい置物だね」と言うと、「百済時代の古物だよ」と、こともなげに言った。

そのとき、彼の家系は普通のヤンバンとは違う格別の貴族だと感じた。彼と会話をするたびに、少年のもっている歴史認識が柔軟になり、何か豊かにしてくれたように思えた。

百済時代を語る彼の顔が一際《ひときわ》輝いて見えた。生来の彼の人格のなせる業である。儒教の徳と仏教的な滅私奉公の理論に裏打ちされた「世俗を超えた価値観」が感じられた。

金氏が他界する1年前に、一緒に全州と慶州を訪れた。

全州では、母岳山公園内の金山寺を参拝した。百済時代の法王元年（５９９年）に建てられた国宝の弥勒殿の他、五層石塔、真応塔碑や多くの文化財や国宝があった。

弥勒殿の中には、高さ11・82メートルの弥勒立像があり、左右には菩薩像があった。

午後には、益山市の弥勒寺址に足を伸ばした。ここは、小学校の低学年の頃、遠足で汗を流した記憶がある。

その頃、この古蹟内部から、金の弥勒像が発見され、話題となった。

当時を懐かしく想いながら、改めて百済時代の武王（600〜641年）が35年の歳月をかけて、地上9階、高さ26メートルの巨大な石塔を積み上げた、当時の建築技術の確かさが証明される。現在は、6階までが残っている。東西172メートル、南北148メートルの威容誇り、百済人の芸術的な見識が垣間見えた。

次の日は、道南の智異山に登山した。

1900メートルを超える霊山で、山は深く、実相寺をはじめ古刹や史蹟が散在していた。

1000メートル付近でUターンしたが、山腹から頂上にかけて、陵線や尾根が数条、交錯するように錯綜して、複雑な山岳地形を構成している。「朝鮮戦争前から、共産ゲリラの巣窟として、韓国軍を悩ました地域だった」と、金氏が述懐した。この山岳地帯は、日本の紀伊山地の深山幽谷の濃い緑を連想させ、霊気を誘った。

翌日は一転して北上し、徳裕山公園を一巡して、安国寺や白蓮寺を参拝した後、九千洞渓谷で紅葉を楽しんだ。谷川の両側には、「朝鮮アサガオ」の大輪が咲き乱れ、素朴な黄白色の彩が心を癒してくれた。

戦乱時、撤退作戦の途中で、永同から金泉の道程で、ここに紛れ込んでしまったこの丘陵地帯であった。

当時、先遣隊長を命じられていたので……「大隊長から」「大目玉」を喰った……と苦笑いした、金氏とともに爆笑した。

「もう半世紀以上も前の話だ」とポツリとこぼした。この夜は茂朱泊とした。

翌日は西海岸を南下して、錦江河畔の古代からの古都であった扶余を訪ねた後、公州を巡り、公山城趾や武寧王陵を参拝した。

金氏と著者

この夜は「サムゲタン鍋」を囲んで「紀元前の百済王朝」を偲んで、古代伝説に耳を傾けながら、日本の皇室にも影響を与えた古代、百済人の渡来に話題が飛躍した。
「桓武天皇の母親は、百済系帰化人の子孫の高野新笠《にいがさ》であった」と、いう説があると言うと、金氏は興味深々であった。
4日目は、早朝から東海岸の慶州に直行した。新羅の古墳群や陵墓を一巡した後、慶州ホテルでスニーカーを貸り、作業服に着換え、ペットボトルと握り飯を準備して、タクシーで北上して、まもなく山道に入り強行登山となった。

1950年8月9日から一カ月に亘って、死闘を繰り返した第17連隊、中隊長時代の筆舌に尽くせない、苦難の戦跡を訪ねた。

杞渓、北側の山岳地帯である。北が普賢山に連なる4~500メートルの縦層の尾根が重なり合い、一際高く聳えるのが飛鶴山（768メートル）である。

当時の戦跡の残る尾根を、一つ一つ確めるように、懐かしそうに、山道から尾根に這い上がったり、谷に下りたりしていたが「やっと見つけた……」と、頷きながら、畳1枚位の岩を見付けて、その両側に連なる塹壕の跡らしい側溝を確認すると、岩山に上って、涙を流しながら「有難う、有難う」を繰り返し、岩石に頬ずりして、「この岩で命拾いした。また、ここで2人の将校と50名の部下を失った。最後の5分間の意味を体験した場所だ」と、感慨深くつぶやいた。

西の方を指して「こっちに多富洞があるんだ」と、ポツリと言って偲んでいた。

反対の東を見て「浦項と迎日湾があり、唯一の航空基地と海軍艦艇の艦砲射撃が随時可能であった」と、懐かしそうに昔に想いを馳せていた。

「杞渓~永川~多富洞~倭館の戦線で、北鮮軍の第十二、十三、十五師団を壊滅したのが、反撃作戦の契機となった」と、一人言を喋りながら、「当時を知る者が、今何人居るだろう」と、指を折っていたが、3人で止めてしまった。今は亡い、数多くの戦友の面影を追い淋しく語る彼の顔が、、15年前「インパール作戦」を、熱く解く「藤原参謀」の影と重なってよぎった。

午後からは、少し北上して、清河を経て東海岸の月浦里まで足を伸ばした。

朝鮮半島の地形は、西と東とでは極端に異なる。西側は平野が広々と拡がり、海岸線も仁川沖に代表される遠浅の緩汀線が続くが、東側は一転して、山岳地から断崖の海に急落して、峻険な海岸線を構成している。

金氏から「私のことを書いて欲しい」と、依頼されたのは、再会して半年後の済州島であった。「君が書いたら、自分で自費出版する。その後、韓国語に翻訳して、韓国でも出版する」「是非力を貸して」と、2度頼まれた。彼の半生を聴かされている過程で、徐々に心が動きだした。

2度、3度と戦争体験を聴く度に、このドキュメンタリーは、記録する価値があるかも知れないと思うようになった。

どれだけの意義があり、読者にどのような印象を与えるかは不明だが、戦争の渦中に生甲斐を見つけ出し、戦争のもつ非人間性とは別に、民族の運命に大きな変革をもたらした歴史的な事実を現実として、正確な記録を後世に残すことは、体験した者の義務だと考えるようになった。彼の説に同調するようになっていた。

戦争は勝っても負けても、繰り返してはならない。まして、勝負なしの引き分けでは猶更《なおさら》である。原因はもとより、責任の所在すら不明である。

3年余りの戦いで、朝鮮半島全域に戦火がおよび、民間人を含めた犠牲者は数百万を数えたが、そのうえ国土は荒廃し、惨状と廃墟だけが残った。

この体験が現代の若者達に何かを訴え、心に響き戦争の罪過を反省して、今後の南、北問題に寄与するものがあれば、この戦いに散った尊い英霊に対して、万分の一の廻《え》向《こう》となるであろう。

廃墟からの復興には、日本の戦災復興と同様に、教育行政の再建からであった。どこの町、村でも一番新しい建物は学校で、立派なプールと運動場からであった。食料不足をこらえて、子供達の教育環境の整備を優先した。この成果が20年後に「漢江の奇蹟」を実現した。

金氏と夢中になっていると、突然、感性が拡がって、エナジーが湧いてくる。

金氏が軍隊生活を選んだのは、過去との決別であり、李大統領の最も嫌った「親日家」のレッテルのカモフラージに外なかった。

軍籍にあることが最大の「身の保全」策であったのだ。

朝鮮戦争の勃発が地位の確保につながったのである。文字どおり生命がけであった。獄中にあった父親も「首都解放」とともに保釈されたが、病を患い、1年後に家族に見守られて亡くなった。

金氏の人生も青春の全てが朝鮮戦争に始まり、そして重傷を負って終わったのである。数奇な運命と言わざるを得ないが、北鮮軍の南侵という未曾有の国難であった。韓国軍、将兵は、実に勇敢に戦い、犠牲を顧みずに、祖国を「赤の魔手」から守り切ったのである。

戦争で散った「民族の至宝」の英霊に対して、永遠に顕彰してゆかなければならない。

私も2度、彼とともに国立墓地を参拝した。彼も靖国神社に参拝した。国家に殉じた英霊に敬意を表することに国境はない。

彼のウィーク、ポイントは腎不全であった。「数年前から糖尿病の影響で、週1回人工透析を受けている」と言って、「次回の訪日から新宿付近に適当な病院を探して欲しい」と、依頼され快諾して、高田馬場のK診療所を紹介した。

原因は戦傷後の長年の運動不足で、最初は糖尿病を安易に考えていたが、「合併症が怖い」と述懐していた。

K診療所は気に入ったらしく、亡くなるまでの3年間、訪日の度に利用していた。訪日は年に3～4回で、10日～2週間程度の滞在であった。常に奥さん同伴であり、愛妻家であった。ビジネスを兼ねており、東京を拠点に、北海道から九州まで駆け回っていた。話の内容からキムチの講師をご夫婦でしていたようであった。

それと、「東京の息子達やカナダ在住の娘達に会うのが楽しみ」と、洩らしスナップも大事にしていた。

金氏は「人間が歴史を動かす主人公である」という本来の視点から、百済王家としてのアイデンティティを確立して、自らの人生を切り開き、見事に描きあげたのである。

現在の我々が抱える諸課題に対する暗示のようでもあり、男の美学が感じられた。

京城の南山に立つと、漢江に添って蛇行する地勢に、悠久の時の流れと穏やかな文化と伝統が漂い、大陸的な風情と風格が誘う。

漢江は壮大な広がりとともに、永遠に流れ、永久にとどまる。

朝鮮戦争が、金氏の人生に最大のインパクトを与えたことは否《いな》めない事実である。

「鉄の三角地帯」の最終戦が、彼の肉体と精神を極限まで追い詰め「人間」から

「鬼」と化し、パンドラの箱が開けられた。

戦闘に散った数多くの将兵の霊《みたま》を悼み、自ずから死を待望し、死期を悟っていた。

その早過ぎた無情の死と、彼の「人と成り」を永遠に顕彰したいと願い、王家一族の弥栄を祈念しつつここに捧げる。


〈完〉

あとがき

この小誌は、大東亜戦争中の朝鮮半島が舞台であり、当時の在鮮時代の記録である。終戦直前の中学1年生の回顧からスタートする。

主人公の金容哲氏は、百済王の直系という数奇な宿命と闘いつつ、未曾有の朝鮮戦争に翻弄されながら、逞しく、彼自身の青春に挑戦した「男のロマン」を可能な限り写実的に忠実に表現し、史実を後世に託す目的で著述した。

ただし、60余年を経てからの回顧録であり、主人公の口述をもとに、佐々木春隆氏の「朝鮮戦争」を参照し、先輩、同僚諸氏の助言を得て纏めたものである。

昭和の一時期、ここに記述された多感な少年達が、個々の方程式を構築して苦悩し、戦後はネガティブを正しながら、リターンマッチで目的を果たした素地と、男々しくのびのびとした土壌が朝鮮半島に存在したことをご理解戴ければ、望外の喜びである。

感謝。

わが友は百済王

2011年3月3日　初版第一刷発行

著　者　飯　山　　満
発行者　斎　藤　草　子
発行所　一　莖　書　房
〒173-0001　東京都板橋区本町37-1
電話 03-3962-1354
FAX 03-3962-4310

組版／四月社　印刷／新灯印刷　製本／新里製本
ISBN978-4-87074-175-1　C0095